我吃了那男孩一整年的早餐

The boy who bought me breakfast during the whole year

尾巴 著

目次

楔子

我永遠記得，記憶中溫柔婉約的媽媽痛哭著像個孩子一樣的那天。

也永遠記得，曾如大樹般為我們家遮風避雨的爸爸轉身離去那冷酷背影。

曾經，我羨慕著爸媽的感情，認為那是世間最堅固的愛情。

我想成為柔情似水的媽媽，想遇見深情負責的爸爸，談一場像他們一樣的戀愛，結一場如他們幸福般的婚姻。

然而一切，原來都有盡頭。

原來不管多真切的愛情，都會隨著現實與時間磨盡。

而更可悲的事是，就算妳明白了愛情消逝的現實，卻又要因為「現實」而妥協。

因為孩子、因為生活、因為經濟，因為一切的一切，所以妳離不開那個已背叛誓言的男人，只能一輩子依附著他，為了孩子、為了生活、為了經濟，為了一切的一切。

所以我告訴自己，愛情會消散、感情會改變、承諾都是屁。

唯有靠自己，才能不依附他人。

我永遠，不要依靠男人。

第一章

人生有很多煩惱，但是，每天早上第一個面臨的煩惱就是——早餐吃什麼？

豬排蛋餅、漢堡、鐵板麵、蘿蔔糕、貝果、大腸麵線、米粉湯、炒米粉等等等。

台灣的早餐堪稱是全世界最多選擇的，光一間美而美就可以打趴全世界了。更別說是還有魯肉飯配湯、永和豆漿、潛艇堡等風格迴異的選擇。

啊啊，身在台灣，真是幸福呀！

這就是我項微心每天早上第一個煩惱，以及第一個感謝的事情。

不過……

看著手中的五十塊，媽媽喔……五十塊真的太少了啦，現今社會早餐只給五十塊，是要餓死我喔！

「基本上，是妳自己吃太多了。」方琦然白眼看待我的煩惱，我是真的很苦惱耶，這是我人生苦惱前三名。

「哪有啊，我正在成長期耶，這樣子餓肚子會長不高！」我拍了自己剛吃飽卻依然扁平的肚皮。

「妳喔……」方琦然上下打量我，又看了一眼放在我桌上的小冰奶和鐵板麵。「妳身高已經沒救了，無底洞也沒救了。」

「好過分，就算妳是大美女我也不會原諒妳！」說完我就往她身上一跳，不過方大小姐俐落地往旁一閃，讓我撲空，好在伸手矯健才沒摔倒。

「不能閃呀妳。」我抱怨。

「有胖牛撲過來，為什麼不能閃？」方琦然說完還自己笑了起來，嘴角弧度勾勒成美麗笑容。

「欸，我哪有胖！我這是穠纖合度好嗎！」我抗議。

「嗯，但如果高一點比例好一些，只要有我的一半，妳看起來才不會這麼胖。」嘴賤的方琦然說著不符事實的話。

可惡，雖然不甘心，但她真的好漂亮，連我這個號稱台灣小美女的人都會心動。

「項微心，妳還在吃啊？」

「會越吃越胖喔。」

窗戶外傳來兩個一模一樣的聲音，花朵雙胞胎姊妹站在走廊朝教室裡，也就是我的位置喊著。

「做什麼？今天不是不用去『晨練』嗎？」我皺起眉頭，看著百花和百合，班上的男生則小小騷動。

雖然我們班有方琦然這位絕世美女、本校校花，還有我這可愛的台灣小美女。但是花朵姊妹也僅是遜色我們一點點的美女，如果穿上古裝配上她們那空靈的模樣，隨隨便便就是倩女幽魂。

「我不敢相信，妳是忘了嗎？」百花些些瞪大眼睛。

「身為貪吃鬼金牛座一員，妳居然會忘記這件事情？」百合些些翻白眼。

啊……

在我容量超級小的腦袋之中，隱隱約約浮現了上禮拜吉他社社長說的話。

「慶祝我小考終於及格，下禮拜三請大家吃早餐。」

我居然忘記這種大事情——！

二話不說，立刻起身往教室外跑去。

「胖牛，妳吃完的早餐不收嗎？」方琦然鄙夷指著我桌上那團。「真是杯盤羊藉呀。」

「親愛的，幫我收一下。」我回頭對她拋媚眼。「還有不是杯盤羊藉，是杯盤狼藉，妳最好多看一下國文課本。」

「妳……！」方琦然臉些些紅起，老是講錯成語大概是她唯一弱點了，不過這弱點看在其他男生眼中卻是最可愛的反差萌。

一走出教室，花朵姊妹左右兩邊分別勾搭上我的肩膀。

「猜猜社長會給我們吃什麼？」百花奸詐笑著。

「小氣鬼的他能有個三明治就不錯了。」百合搖頭。

「他明明是射手座，卻比我們三隻金牛還要小氣。」我抱怨。

「不，我們金牛可是很崇高的，那叫節儉，這是美德。」百花立刻接話。

「而且我們是懂得感恩的人，對方拿多少來，我們就回報多少，不是小氣，是飲水思源。」百合點頭。

「沒錯，金牛大概是十二星座裡最棒的了。」反正現場是我們三隻牛在，怎麼吹捧都不會得到反對聲浪。

於是一路我們就如此讚美金牛的偉大順便讚美自己，來到吉他社社辦。

吉他社社辦位在本校最偏僻的角落，成員約有三十五，但會出現的人不到五個。打開辦公室的門，看見社長張元碩一臉慘澹坐在裡面，而除了他沒有別人。

「我們該不會是第一個吧？」我小聲問。

「終於！終於有人來了！」張元碩抬起頭來，眼角還有著淚水，忽然衝過來。

「不要靠我們太近，早餐在哪？」花朵姊妹同步地一個舉起左手、一個舉起右手，阻止張元碩的靠近。

「在那邊，一如往常的冷淡啊。」張元碩指了旁邊，看見我後微笑。「項微心在這邊呀，太嬌小了都沒看見呢。」

「謝謝社長的稱讚。」可惡，我等一下要吃多一點東西，吃死他。

不過當我們看見放在桌子邊緣上的一袋飲料，三隻牛兒都皺了眉頭。

「社長，這難道就是……」我發出疑慮之聲。

「就是請你們的早餐，一人一杯奶茶，還是大杯的，很慷慨吧。」張元碩得意洋洋。

我們三個面面相覷，各自拿了一杯飲料就準備離開。

「欸欸欸，不要走啊！為什麼每個人過來拿了飲料就走，社長想要跟你們多聊聊啊！」張元碩驚慌的大喊。

說要請我們吃早餐，可是卻只買了奶茶，還沾沾自喜說什麼大杯很大方，難怪大家拿著就走。

「我們沒什麼好聊的。」花朵姊妹露出微笑，直接朝社辦外走。

等等我啦！哪有自己先——

我感覺到自己的手腕已經被抓住了，喔天，我有不好的預感。

轉過頭，果然看見張元碩抓著我的手，一臉好可憐看著我。

「我知道只有項微心妳不會離開對不對？」

因為你抓住我的手啊！

「妳是我們社團最乖的一個。」

是最好使喚的一個吧！

「所以接下來我要說的，妳一定會答應。」

喔不，我不要聽！

「就是，校慶的時候，我們吉他社要上台表演。」

什麼？

「可是社長，我們根本沒有在練習啊！」我終於吼出這句話。

好聽點說起來是晨練，講白就是大家聚在社辦吃東西打屁，吉他社嚴格說起來就是幽靈社團，大多數的社員都是幽靈社員，我連有哪些社員都不知道。

想當初剛入學時，在社團大舉招生的那天，我原本是要加入美食研究社，但此社團必須要寫下吃過每樣食物的感想，最少五百字，我的感想也就只會是『好好吃』跟『超好吃』，所以就在一邊吃東西一邊張望有沒有更符合我理想的社團時，忽然就被張元碩叫住。

「可愛的學妹妳要不要加入吉他社啊？」他揹著一把大吉他，看起來頭髮凌亂，也可以硬說是音樂家的滄桑感，總之在那個當下我沒看出他真正的目的。

「我有想加入的社團了。」我看了旁邊的方琦然，她則用力拉住我的手往前走。

「別這麼說呀，我們吉他社也很有趣喔，妳想想台灣天團不都是高中練吉他，未來就出道當明星了嗎？」張元碩不死心追上來，還隨便彈了幾個音。

「我沒有想要當明星，我只想吃東西。」

現在想想我當時真的佛心，方琦然根本連理都不理對方，自顧自的一直往前走，我卻還會回答張元碩。

「妳喜歡吃東西嗎？」張元碩像是觸碰到開關一樣，眼睛亮起來。「來我們吉他社，每天都有東西可以吃喔！」

他的話讓我停下腳步，方琦然嘖了一聲。

「真的嗎？」我天真的問。

「當然是真的，那些美食社團都是騙人的，根本吃不到什麼好東西，在吉他社每天都有零食可以吃！我每天都會帶零食去，保證什麼都有！」他說完就開始彈吉他，一邊唱著『吉他社有好吃的食物』，一聽就是臨時的自創曲。

可是在那個當下，我就像是被下蠱一樣，天真相信在吉他社可以吃到好多好吃的東西，那個音樂聽起來就像是天籟一樣呀！

所以呢，單蠢如我、天真如我，就這樣加入了吉他社。

張元碩當然也問了在一旁的方琦然，她這大美女如冰山一樣冷聲說：「我要加入熱舞社。」

「熱舞社～不有趣～吉他社～比較有趣～」白痴的張元碩如法炮製又自彈自唱起來，沒想到方琦然全然不吃這套，直接轉頭就走，徒留一地尷尬。

而後我就加入吉他社，還意思意思買了把二手吉他，放在社辦裡面從來沒拿起來過。

同時也發現真相是殘酷的，張元碩小氣得要命根本沒有『主動』帶過零食，每次都要我說想要離開社團才會趕緊帶個一兩包零食過來。

吉他社說穿了，就是名存實亡的社團，名產是擁有廣大的幽靈人口。根據校園傳說，以前的吉他社可是呼風喚雨，是校內最強社團，而如今走到這步是何原因已不可考。

張元碩這個無能卻不願讓吉他社斷送在他手中的社長，為了讓吉他社重返榮耀，只好招集許多幽靈社員。反正只要人數到了就不會被廢社，招來的都不是對吉他有興趣的人。

於是乎就這樣惡性循環，吉他社的社員對吉他都沒興趣。

所以現在忽然說要上台表演，鬼才會勒，我連吉他要怎麼拿都不知道。

「恕難從命，社長。」所以此刻的我拒絕。

張元碩又用那種好可憐的表情看我，他真的很會擺這種臉。不過我已經不是天真的孩子，所以用力搖頭。

「沒用的，社長，我連Do、Re、Mi在哪都不知道。」我打算兩手一攤，不過一隻手還被他抓著，所以只能聳肩。

「基本上吉他是分G、D、F等音名。沒關係，我可以從頭教妳。」張元碩又在說漂亮話。

「可是，可是上台表演不可能只要一個人啊！」

「還有我啊，還有雙胞胎姊妹也很會彈，或是小獻阿奎他們。」

「那你找他們就好了啊。」我用力甩卻甩不開張元碩的手。

「問題就是雙胞胎姊妹不好控制，小獻和阿奎又沒答應我……」張元碩沮喪說著。

所以就把壞主意打到我頭上嗎？意思就是說，我很好控制？

我對吉他又沒興趣，這一次我一定要嚴正表示自己不要，所以我深吸一口氣，開口說：「社長，我愛莫能助，因為……」

「這一次保證在妳練習的時候，每天有早餐吃。」張元碩掛的保證就跟政客的話一樣不能信。

我可不是當時剛入學的傻妞，才不信。「社長，我真的……」

「只要一天沒早餐，妳就可以不用練習，如何？」

喔？

這句話讓我眼睛一亮。「……保證？」

「發誓。」張元碩此刻以從賊頭賊腦的騙子變成天使，有這種保證了，我答應了也沒損失。

畢竟早餐只有五十塊實在心寒，我正值成長期，早餐永遠吃不夠，每天十點就餓。

「那，我就來練一下吉他吧。」輕易就被食物收買的我，未來真是光明一片。

「項微心果然是最好控……不對，是最棒的孩子！」張元碩開心到都講出真心話，不過無所謂，反正食物才是最重要的。

「妳是白痴嗎？」

如我預料，這件事情讓方琦然知道只換來白眼與辱罵，對，是辱罵，白痴只是剛開始。

「我從沒見過腦袋這麼蠢的人，為了食物進去一個沒興趣的社團、為了食物要開始練習不喜歡的東西，妳這貪吃的矮胖子，再來是不是要為了食物把自己賣掉，或是有人每天送妳早餐吃妳就跟人交往？」

「大人啊，臣妾惶恐，請不要再罵了～拜託！古云『人為財死，鳥為食亡』呀，也許臣妾上輩子就是一隻鳥，這輩子才愛吃呀！」我雙手學著韓劇道歉手勢，合掌不斷來回搓著。

「然後又屬金牛，固執、貪吃又貪財。」方琦然再次白眼。

「貪財乃人之天性，女人要有獨立經濟能力才不用看人臉色呀。」我嘿嘿笑著，明明說的話如此正面具有教育意義，但是表情活像古代奸臣一般。

「如果妳答應了，就不要半途而廢，而且還要上台表演，真不知道妳在想什麼。」

「難道熱舞社不用上台嗎？妳明明也被選為上台跳舞一員不是。」

方琦然還沒露出嫌惡表情，教室走廊已經站著一個捧著鮮花的男學生。

老天，一點也不誇張，真的就是鮮花，居然有人會帶著鮮花來學校送方琦然。

「白痴真是一堆。」方琦然碎念，但還是禮貌性地出去應付對方，沒幾分鐘那男的便垂頭喪氣拿著花離開。

班上男生發出嘲笑的聲音，同時也散發著絕望的悲哀，畢竟冰山方琦然是個不可攻破的高牆，什麼都打動不了她，更別說要進入她的內心。

不只男生，連女生都一樣，不論愛情或是友情，方琦然似乎都不在乎。

不過還是要為方琦然平反一下，冰山不是一日造成，漂亮又聰明能幹外加嘴巴不留情的女生，如果沒被排擠反而有些不可思議，方琦然只有說過一次：「像妳這樣只愛吃的女生最適合我了。」

所以我猜，她以前一定也經歷過被友情背叛的風霜過往，如今才會寧願孤獨一匹狼也不與他人深交。我大概是她唯一最要好的女性朋友了，想到這不免讓我沾沾自喜，畢竟我是一個如此優秀的金牛座。

「妳在傻笑什麼？」她皺著眉頭回到座位邊。

「沒呀，我覺得妳能遇到我真是修了好幾輩子福氣。」

「妳一定又在亂想些有的沒的。」她再次翻白眼，美女翻白眼也是很美，所以就不跟她計較了。

於是上了兩堂課後來到十點，我的肚子實在餓得受不了，跟方琦然借了十塊，對，我就是連十塊都要用借的可憐窮鬼。

總之我借十塊想去合作社買麵包，怎麼求方琦然都不陪我去，只好自己拖著飢餓的腳步來到合作社，買個了無新意卻物超所值的蘋果麵包。

「蘋果麵包十五塊喔。」

就在我把十塊和麵包放到櫃檯時，阿姨說出了這句晴天霹靂的話。

「阿姨！昨天才十塊，今天怎麼就十五塊了，通貨膨脹得也太快了吧！」我身上可是連一毛都擠不出來啦。

阿姨比了牆壁上貼的公告。「今天起開始漲價，那公告已經貼了一個月，妳每天來合作社都沒有看到嗎？」

我順著阿姨的手指看過去，還真的有個公告，且用POP寫得十分漂亮。吼，可是人家的眼睛只會看食物，而且貼那麼高，根本歧視我這個矮子，哪看得到啦。

「那阿姨，讓我欠著，明天再來補五塊可以嗎？」我眨著眼睛。

阿姨微笑，然後搖頭。

喔不，是要餓死我啊！

「五塊而已，我幫妳付吧。」結果排在我後面的男生如佛祖釋放的蜘蛛絲一般，放了五塊到桌面上。

「喔！太感謝你了，我一定會還你！」我淚光閃閃，轉過去只看見他襯衫口袋上縫製兩條代表二年級的線，眼睛順著往上，他對我扯了微笑。
「沒關係，五塊而已。」那男孩露出陽光笑容，閃耀無比。
「大恩大德，沒齒難忘。」
真心話是在我忘記以前都會記得。
他對我擺擺手，我拿了蘋果麵包就往外跑，不忘回頭又看他一眼。
高瘦的身形、嘴角噙著微笑的和善、輕飄飄柔軟的頭髮、深邃的黑色瞳孔。
最重要的是！
慷慨的男人、掏錢的男人最帥了，所以他是我看過最帥的人。
回到教室我馬上告訴方琦然剛才遇見帥哥的事情，但她大美人在意的只是我邊走邊吃嘴角沾的麵包屑。
「漲了五元，那以後妳欠我的債又要更多了。」她愉快的在小本子上面寫上我的欠債金額。
喔……在注意帥哥之前，先在意我的皮夾吧。
在這個世代，吃貨真的好難生存。
好在明天開始，我就能有雙份早餐吃，果然上帝關起一道門，必定會為妳開一扇窗呀！

於是隔天我興高采烈地買了小杯奶茶和三明治，預留了十塊要還給方琦然，在教室狼吞虎嚥吃完早餐後，把十塊放到信封裡面，並在信封上畫了愛心要方琦然別太想我，放入她的抽屜。

不過在我的假情書放到她抽屜之前，裡頭已經塞了好幾封情書。這會不會太誇張啊？到底是哪些人，而且怎麼可以隨便進人家教室！想了想，我還是把信封上的愛心打叉叉，備註一句『From 微心』，以免她把我的信當成是眾多告白信之一丟掉就不好了。

大功告成，我往吉他社的方向走去，在經過樓梯間的時候聽到了對話聲音，本來學校無時無刻就是鬧烘烘，但重點是對話的男女似乎在爭吵。

所以我停下腳步決定偷聽，八卦是人生樂趣之一。

「為什麼要這樣子？」男生的聲音聽起來很無助。

「我也不知道，就那樣發生了啊……」女生的聲音聽起來很無辜。

「妳怎麼能這樣背叛我？不喜歡了可以說，我會讓妳走啊！」

「我沒有不喜歡你啊。」

喔，劈腿。

「那妳喜歡我，為什麼可以做那種事情？」

「因為，因為我也喜歡他啊，不行嗎？」

喔，這對話實在會降低我的智商，或是會讓我想衝出去打人，所以我決定離開。不過離開前，我想看看對方的臉。

所以我偷偷從樓梯間探出頭，可是只看得見他們的脖子以下，只好再往樓梯下走一些，看見女生的側臉，是滿美的，但比不上我家方琦然。

而男生，是挺帥的，不該被劈腿才是。

看完臉後我就往樓梯上走，忽然想起那男的臉很眼熟，不就是昨天那掏錢帥哥嗎？

上天真是太不公平了，昨天他做了如此救人一命的好事，今天卻被女友劈腿。不，雖然他說五塊不需報答，但身為一個飲水思源的金牛座，我一定要喊出正義之聲。

下定決心後我啪答啪答地再次踩下樓梯，他們倆忽然看見有外人出現似乎嚇了一跳，我揚起笑容後說：「學長，我朋友對你的告白，你何時要回覆？」

此話讓劈腿女瞪大眼睛，而那男生也丈二金剛摸不著頭緒。

「沒關係喔，她說可以等學長單身，反正我朋友超～～喜歡學長。」說完後我又趕緊跑上去，正義之聲只有兩句，畢竟飲水思源外金牛也是俗辣。

「那是怎麼回事?你怎麼沒有說有女生跟你告白?」劈腿女尖銳說著。

「……妳不也沒告訴我所有事情?」我聽見那男生如此說。

很好,不枉我丟出的好球,有好好接著。

這就是我的報答了,很好,我帶著笑容走向吉他社。

第二章

「首先要認識吉他的基本，Do、Re、Mi這稱為唱名，而C、D、E、F、G、A、B、C則叫做音名，每一個音名有自己的Do、Re、Mi，而隨著音名不同，唱名的位置也不同。」張元碩邊說邊在黑板上畫上吉他六弦，在上頭寫上英文。

「報告社長，我從唱名那邊就聽不懂了。」我一邊吃著他遵守約定帶來的早餐，雖然只是蛋餅和紅茶，但我也心滿意足。

「努力聽，認真聽啊！項微心，我知道妳天資聰穎！」

「如果我學了半天，還是學不會怎麼辦？」我歪頭傻笑。

「那這些日子妳吃的早餐錢必須歸還。」

聽了我差點沒被蛋餅噎死。「這是什麼小氣言論？」

「這是交易！妳沒達到我的要求，本來就要賠償違約金！」

「當初可沒這樣說啊！」我怪叫著。

「這是常識！所以妳好好學、努力學、認真學，還有三個月，妳一定學得起來。」

可惡！

為了錢、為了食物，善用金牛的執著，我一定要練好吉他。

因為吉他不能帶來帶去，所以我在白紙畫上吉他弦的圖樣，不論是坐公車、上課、走在路上或是上廁所，我都努力按著吉他弦。

為了讓自己對吉他充滿熱愛，我上網看了許多吉他伴奏的影片，想像自己三個月後能夠自彈自唱，頓時就對吉他充滿熱情。

同時發現，吉他彈出的和弦好聽得要命。

在這樣有食物又有熱忱的情況下，從不會吉他到目前能彈著單音完成一首歌還真是不可思議。

所以某天下課，我揹著大吉他來到花朵姊妹的教室，對她們兩個招手。

「聽說妳最近很認真在練習吉他？」百花說。

「妳真的要上台表演啊？」百合問。

「嗯，妳們聽聽看我的吉他！」我朝走廊底端的小廣場走，花朵姊妹互看一眼，沒辦法地跟了過來。

「短短的一個月能練習多少？」

「我覺得耳朵會壞掉。」

花朵姊妹嘴巴也是很壞，好在我有方琦然的訓練，所以對於惡毒話語的免疫力很高。

「聽聽看又不吃虧！」

我坐到椅子上，很有架式地把吉他靠上我的右腿，左手放在指板上，按上C大調位置，然後唱起蝴蝶這首兒歌。

花朵姊妹表情從狐疑轉變為挑眉，接著變為驚喜。

等我彈奏完畢後，花朵姊妹拍起手來。

「還不錯呀，妳很認真啊，雖然只是一首兒歌，但是會自彈自唱也是滿厲害的。」百花說。

「而且妳唱歌意外的好聽。」百合說。

「那妳們兩個要跟我一起上台表演嗎？」我高興詢問。

「不要。」她們果斷拒絕。

「小氣！」我怪叫。

「金牛就是小氣。」這時候就變成小氣啦！說好的飲水思源呢？

雙胞胎站起來，朝我笑著說。「但是依妳這樣的速度，應該會表現得還不錯。」

「真的嗎？真心不騙？」

「當然。」

雙胞胎的話讓我士氣大振，我提著吉他回教室，想把這好消息告訴方琦然，沒想到她卻說我像隻寄居蟹揹著太大的窩，看起來很蠢。

「我的心已經無堅不摧了。」我擺擺手。「要不要聽聽我的成果？」

「等妳會用和弦唱流行歌再讓我聽，耳朵不想聽到雜音。」方琦然用小指挖挖耳朵。

「真過分。」

她放在桌面上的手機震動起來，她瞄了一眼，快速拿起手機回應。我出於好奇湊向她旁邊，不過她卻側身不讓我看螢幕。

「誰傳來的？」

「妳不認識的人。」

「妳不說我就永遠無法認識。」我又湊過去。

「不要亂看啦！」方琦然拿起手機就往外面走。

吼！有鬼！

所以我馬上追出去，方琦然一直往前跑，她這女人平常看起來慢吞吞，跑起來倒是挺快，可是也別小看我，牛兒要麼不動，一動一鳴驚人。

於是我加快速度衝上，卻在轉角處撞上別人，力量之大，讓對方往後一倒，我則撞到對方身上。

「唉唷威，你沒事吧？」我趕緊爬起來要將對方扶起。高大的男生被我撞倒在地，他旁邊的朋友笑個不停，憑我的力氣根本拉不起來他，最後是他自己爬起來。

「我沒事，妳呢？」男生說，看見他的笑容，我發現就是那個帥哥學長啊。

雖然想問他上次跟劈腿女怎樣了，不過此刻還是方琦然的八卦比較有趣。

「你沒事，我沒事，大家都沒事，那我先走了。」說完我立刻往前跑，一邊對他揮手。「真的很抱歉啊！」

我趕緊加快腳步，終於被我在一樓的荷花池逮到方琦然，她正專心看著手機螢幕，我偷偷摸摸地來到她身後。

這女人如此專注，連我靠近都沒發現，於是我看向她螢幕，停留在聊天室，上頭的名字是『管皓威』。

誰？新角色？

「啊！」專注的方琦然忽然發現我在身後，嚇得尖叫，連帶我也被嚇一跳。

她趕緊把手機螢幕關掉，看著我裝沒事。

「那是……」

「什麼？」她把長髮勾到耳後。

「男朋友？」

「才不是勒！」話雖這麼說，但她臉頰卻微微泛紅。

「曖昧對象？」

「就說不是了！」

美人唷，妳的臉就是此地無銀三百兩呀。

「所以那個叫管皓威的是誰？」

她瞪大眼睛。「妳連名字都看見了？」

「小女不才，眼力正巧比較好。」我露出曖昧微笑，靠到她身邊。「誰呀，告訴我他是誰呀？」

「不關妳的事情啦！」

「矮唷，不要這麼小氣呀，我什麼事情都有告訴妳，妳卻不告訴我這樣不太對唷。」我戳著她軟嫩的小臉頰。

「我又沒要求妳告訴我，是妳自己一直說個不停。」

「就算是我說個不停妳還是聽了呀，快告訴我啦～」

拗不過我，方琦然只好小聲說：「是我國中同學。」

「What？國中同學還是國中男朋友呀？」我把手放在耳朵邊，略帶欠揍問。

「妳很煩，項微心。」

ＯＫ，這是第一次方琦然如此輕聲細語，所以我大膽推論那個『管皓威』不同凡響。

果然能令冰山融化的，就只有閃爍的愛情啦！

不過今天就放過她吧，畢竟能讓冰山融化的愛情，一定有其不可言喻的苦衷。

日子就在我苦練吉他的時候過得飛快，連我自己都不敢相信有天能自彈自唱一首完整的流行樂，花朵姊妹看見我的毅力，便答應了張元碩一同上台演出。

再一次讚嘆，金牛座夥伴果然有義氣。

而吃了三個月的免錢早餐一定要拿出成果來，張元碩也十分『大方』的在校慶當天告訴我早餐供應只到今天。

「社長，這就叫做過河拆橋啊。」我苦著臉，都還沒上台呢就跟我說這殘酷的事實。

「不是過河拆橋，是交易到此，妳到底懂不懂交易啊？」張元碩搖頭。

「可是我已經習慣吃兩份早餐了……」自從這三個月來有多一份早餐，整個人神清氣爽，考試也都一百分，如今過完校慶就只恢復一份早餐，那叫人如何接受啊！

「不然找個男朋友送妳早餐啊。」百花用調音器確定沒有走音。

「或是看有沒有人追妳，叫他送妳早餐啊。」百合漂亮的手指刷了一下弦。

「我看有沒有人送琦然我吃她的還比較實際。」我嗚嗚兩聲，別說男朋友了，連追我的人都沒有呀！

單身的十六年還真是說短不短、說長不長。

「好了，不要胡言亂語，今天校慶有其他學校的吉他社成員過來，我們可不能丟臉。」張元碩用力拍了我的肩膀。

「誰啊？我們學校吉他社又不強，怎麼會有其他人來看？」我問。

「我們國中的朋友啦。」這次沒打算出場的小獻和阿奎說，他們兩個和張元碩都是同一所國中。

「是帥哥嗎？」百花一問完馬上搖頭。「算了，你們三個是會認識什麼帥哥。」

「同感。」百合笑。

「不要看不起我們啊，那個人可是真的很帥，差我們一點而已。」小獻和阿奎立刻搭腔。

「那真的可以不用期待了。」花朵雙胞胎說。

而我的思緒全在考慮著以後沒多一份早餐，又要恢復五十塊，每天跟方琦然借十塊……現在蘋果麵包漲價，是十五塊了，天喔……

說到十五塊，那個被劈腿的學長後來怎樣也不知道，也沒在學校遇到過了。

校園傳來社團表演即將開始的廣播，要所有參與表演的社團到後台準備。於是我們從吉他社社辦出發，經過樓梯間時，從牆壁上的大鏡子看見我們幾個人的身影。

花朵姊妹揹著大吉他的模樣看起來依舊筆直美麗，更別說還算高的張元碩以及小獻和阿奎，就只有我揹著吉他像烏龜一樣，彎腰駝背的。

不行，我一定要抬頭挺胸，好好站直才行，畢竟我可算是『主唱』呢！

「好了，各位，別緊張，一年的成敗就在這了！」

抵達後台後，張元碩忽然顫抖著聲音說，還把手伸出來手心朝下。

「社長，我們一點都不緊張。」百花挑眉。

「而且我們是一年級，開學不過快半年。」百合接著。

「嚴格說起來我只練習三個月。」我也說。

「閉嘴，妳們這些人乖乖伸出手來喊加油就對了！」張元碩不爽氣氛被我們破壞。

「他看了很多日本熱血社團漫畫，被影響很深。」小獻和阿奎偷笑著說。

好吧，此時此刻，如果我們幾個人手疊在一起喊著加油也是滿青春，所以我躍躍欲試把手疊上去，花朵姊妹一臉『不是吧』的表情，但也很給面子疊上，我們金牛就是很合群。

「加油、加油、加油！」大聲地喊出加油，頓時覺得好像拿到第一名一樣，雖然表演沒有名次。

「吵死了。」熟悉的吐槽聲音傳來，果然是方琦然。

她漂亮的咖啡色長髮此刻被電棒燙弄得捲捲地，穿著紅色的熱褲以及白色小可愛，臉上還用亮粉畫了幾顆星星，眼睛上有著電死人的眼影和眼線，讓她本來就美得要命的外貌更增添了幾分殺氣。

「哇，妳們的表演服好正喔！」我看了一旁其他穿著和方琦然一樣，卻沒有她一半亮眼的熱舞社成員，又看看自己穿著校服，下半身還換成運動褲。

啊啊，這模樣怎麼交男朋友啦！

不過……花朵姊妹穿得跟我一樣，可是看起來還是靈氣逼人，所以應該是人的問題。

「什麼，原來項微心和校花是好朋友嗎？」小獻和阿奎後知後覺問著花朵姊妹，張元碩則因為開學時被方琦然的冰山冷過，於是沒特意靠過來。

「我們在妳之後表演，我會好好看著妳有沒有放出全力。」方琦然雖然想用威脅的語氣說話，但詞彙實在怪怪。

「是使出全力吧？放出是要放什麼？放屁？」我偷笑地吐槽，但至少知道要小聲。

「哼。」方琦然捏了我的臉。「總之好好加油。」

「我會的，妳也加油！」

「我今天會的。」她握緊拳頭，難得緊張。

「該不會是那個管皓威要來吧？」我隨便說說，沒想到方琦然還真的臉紅。

「真的假的，哪一個？是哪一個？」我立刻從後台探出頭要偷看，她趕緊拉住我。

「不要這樣啦！」

「反正我看出去他也不知道我是誰，妳幹麼這麼緊張。」我賊笑，看見方琦然這樣緊張覺得很有趣。

「不要鬧！」方琦然氣呼呼地。

好吧，大發慈悲，放過她。

不過我臉上那欠揍的笑臉還是讓方琦然動手了。

終於輪到吉他社上台表演，我還是沒有注意到哪個人是方琦然的『管皓威』，但注意力早就被緊張感拉走，甚至覺得胃隱隱作痛。

我真的可以嗎？天呀，會不會出錯，或是弦忽然斷掉，然後彈到自己的臉當場血流如注之類？

滿腦子的小劇場更添加我緊張的氣氛，花朵姊妹彷彿嗅到我的不安，雙雙在我的後背用力打了一下，讓我差點把早餐吐出來。

「妳很努力了，妳做得到！」百花從右邊探出頭對我眨眼。

「再說萬一真的出錯，也有我們幫妳Cover。」百合從左邊探出頭對我眨眼。

「是呀，項微心，如果真的發生什麼大錯，頂多也只要還這幾個月的早餐錢而已。」張元碩一旁說。

「社長，你閉嘴！」

「不說話沒人當你是啞巴。」

被花朵姊妹攻擊的張元碩只好暗自閉嘴，一邊碎念說他是社長卻得不到該有的尊重之類。

不過這的確讓我緊張的心情輕鬆下來，我深吸一口氣，握緊手中的吉他，然後第一個走上臺階。

一踏上舞台後，我頓時頭暈目眩。

雖然只是校內表演的小舞台，但卻是我人生站上的第一個舞台，扣除小學國中畢業典禮上台領獎外。

台下的學生此刻看起來都像是一坨一坨的蔬菜，黑壓壓一片，舞台上的燈光比太陽還烈，讓我兩腳頓時生根。

「別傻在這，走。」百合走過我身邊時小聲說，或著其實是百花，在此刻我分不出是哪個雙胞胎。

不過託她的福，我總算走到稍稍前面的位置，坐下來後裝模作樣的調了幾個音試試音準，也順便調整麥克風的位置。

張元碩和花朵姊妹分別坐在我的身後，他們吉他的音箱邊共有兩支麥克風，而我這除了音箱的麥克風外，還有一支麥克風在我臉的正前方。

「各位好，我們是吉他社的成員，今天要表演一首……呃，一首流行歌……」

「《情歌》啦，傻瓜！」不知百合還百花在我後頭小聲說。

「喔，是的，表演《情歌》，吉他社很好玩，請大家踴躍參加。」後面那句話當然是張元碩逼我說的。

於是呢，所有人很有架式地擺好姿勢，等待我的指示後，指尖一刷，優美流暢的音律隨之出現。

吉他的聲音很沉穩，適合在夜深人靜時一個人彈奏，靜靜聽著旋律，會覺得內心脆弱的部分被洗滌一般，又如同被擁抱住，在一灘溫暖的水池慢慢漂浮一般。

接著，我輕輕開口，唱出那首《情歌》。

時光是琥珀　淚一滴滴　被反鎖
情書再不朽　也磨成沙漏
青春的上游　白雲飛走　蒼狗與海鷗
閃過的念頭　潺潺的溜走

奇怪的事情是，當吉他的弦一刷下，當我一開口唱歌，世界所有的雜音彷彿都離我而去，只聽得見自己的聲音以及吉他沉穩的伴奏。

我覺得心情平靜了許多，時間流逝地慢，我輕輕唱著，來到副歌更是差點激動地掉下眼淚。在最後唱完之時，我的心情才逐漸平復，站起來接受大家的掌聲，恭敬行禮。

在抬起頭的時候，目光卻正巧對上了在台下人海中的人。

是那個被劈腿的學長，他正一臉驚奇地看著我，拍手的速度很快。

我笑得開心，世界的聲音終於回到我的耳邊，那如雷的掌聲，讓我覺得自己像個巨星。

下台後，花朵姊妹再次各自用力拍我的背，說了聲『幹得好』，而張元碩一把鼻涕一把眼淚說沒想到我能表演得超乎他預期的好，還說了社長之位非我不傳，我趕緊敬謝不敏。

雖然對吉他產生了一點點興趣，但也沒興致再鑽研。

我又回首看了一眼台下，那個被劈腿的學長正和朋友談天說地，也正巧往我這邊看來，我趕緊別過頭。

往後台走的時候，遇見正準備要上場的方琦然，她用力抱住我說表演得真好，讓她感動不已。

「妳會不會緊張啊？放心，只要上台就不會怕了。」我以一種前輩的姿態和她說話，但方琦然卻嗤之以鼻。

「我國小就開始上台表演跳舞了，這種小場面我哪看在眼裡。」她大美女狗眼看人低的模樣還真是迷人，不過我已經抓到她這小尾巴。

「喔~所以管皓威在下面妳也不緊張囉？」我揚起聲調，討人厭地說。

「什麼？妳看見他了嗎？」方琦然驚慌地喊。

我露出勝利的笑容，對她搖頭。

「我哪知道哪個是他啊，不過下面很多人倒是真的。」

「妳這蠢呆瓜。」被我愚弄的方琦然不悅，伸手捏了我的臉頰，力道不是開玩笑的用力，都要瘀青了。

「我要上台了，好好看我的表演呀。」方琦然甩甩她的長髮。

「沒問題，我會好好看著的，親愛的！」我對她拋送飛吻。

在方琦然上台之後，台下發出一陣歡呼，我和花朵姊妹把吉他交給張元碩，立刻往台前跑去。

真不是我在誇張，台下瞬間擠滿了一團男生，大概是剛才吉他社的三、說不定有四倍。美女威力果然銳不可擋，更別說方琦然還穿著清涼的裝扮，那是平常絕對看不見的。

喔喔，台上的方琦然閃閃發光，就像大明星一樣。

台下的男生各個鼓譟不停，發出噁心的喊叫，我側頭想叫他們安靜些，卻發現那個被劈腿的學長也站在不遠處。

此刻音樂一下，台上的方琦然一個扭腰甩頭的動作，勾去了多少男人的心。

那學長也眼睛發亮一般，其實所有男生都一樣。

我看著台上的方琦然隨著音樂擺動身子，剛才在台上自彈自唱的我們好像是一場夢，完全被此刻歡聲雷動的氣氛給壓過去。

有點感傷，但也很驕傲，台上那個跳得最棒的美女可是我的好朋友唷！

等熱舞社表演結束，那宛如轟天雷的掌聲更不是我們剛才的可以比擬。果然這個世界，人美又有才華很重要啊。

方琦然走下舞台後，我打算要衝過去給她一個大擁抱，但更多男生往前擠，矮子如我完全無法向前，比逆游向上的櫻花鉤吻鮭還要艱辛。

我明明是她最好的朋友啊！卻這樣被排擠在眾多人潮之外，還被推到跌倒，有沒有良心啊這些人，沒看到一個弱女子被推倒了嗎？

正當我義憤填膺的時候，一雙手朝我伸出來。

「妳沒事吧？」

這該不會就是所謂的邂逅？

我帶著笑容抬頭，印入眼簾卻是個金髮的少年，一看就是非善類，手上會拿狼牙棒問你有沒有空聊聊的那種。

頓時我立刻收手。「抱歉，我不知道哪裡得罪……」

還順便道歉。

「妳是琦然的朋友吧？我看見她抱住妳。」他直接伸手把我拉起來。

「咦？琦然……難道你就是管皓威？」我大驚。

他挑起一邊眉毛。「她提過我？」

喔不，不能隨便說出方琦然喜歡你這種話，要是被她知道，我頭還不被她砍掉。

「她說過你是她國中同學，就這樣而已。」我趕緊陪笑，站起來拍拍自己的運動褲。

「難道……」

「這樣而已啊……」然而管皓威看起來卻有些落寞。

我話還沒說完，他就抬頭看了眼前依舊人滿為患的舞台邊，那被擠得水洩不通，同時我也瞧見正在人群邊往那裡頭張望的學長，而劈腿女從另一邊走來，兩個人爭執幾句，學長先行離開，劈腿女又再次追上。

「我看今天是無法靠近她了，我先走了。」他轉身就要離開。

「欸，你不等一下嗎？她等一下就有空了。」我叫住他。

「不了，我是蹺班出來的。」他看了一下手錶。「幫我轉告她，說她很厲害。」

「那漂亮嗎？」

他一愣，沒料到我會如此問，摸了摸鼻子，有些黝黑的臉泛起淡淡紅，沒回答我的問題，轉身就走了。

我轉過身，看著在人群中發光發熱的方琦然，又回頭看了管皓威騎上機車的背影。

姑且別說，十六歲的他騎機車合不合法，更別說我剛才聽見的『蹺班』二字、還有那酷似不良少年的外表。

方琦然所喜歡的管皓威，各方面都令人嘖嘖稱奇。

第三章

自從那次表演成功之後，我們的確收到了幾個入社申請書，但吉他社本來就是幽靈社團，社長張元碩又這麼煩，要加入的幾個人過幾天又都退出，他們覺得在舞台上那看似帥氣的模樣只是曇花一現。

「呵呵，所以說何必多此一舉，還表演呢。」百合訕笑。

「如果妳們姊妹倆可以多多出現在社團，我想男生社員會多一半的。」張元碩悲悽。

「我覺得是你的問題，烏克麗麗社團就很多人。」百花比了對面教學大樓，那正巧就是烏克麗麗社的教室。

裡頭的確有很多學生，他們一邊彈奏一邊唱，快樂的氣氛都傳來這裡了。

「別開玩笑了，人家烏克麗麗的社長帥得要命，哪是我們可以比的。」我邊說邊指著張元碩，百花姊妹理解地點頭，連小獻和阿奎都笑了起來。

「欸，我要叫妳還早餐錢囉。」

「哪有這樣，小氣八拉！」我抱怨。

等上課鐘聲響起，我們便起身準備回教室，吉他社乾脆改名叫做打屁社好了，我誠心建議。

「不准，我們還是要偶而練個吉他，對了，有件事情忘記和妳們說，在表演的那天，就是我朋友那間學校的吉他社，他們聽到項微心演唱還滿有興趣，問可不可以交流。」

在關上社辦門鎖時，張元碩如此說。

「當然不要交流啊，我們是打屁社欸。」我理所當然回應。

「不過我已經答應了。」張元碩對我比了ＹＡ。

我瞪大眼睛。「是交流什麼啊！你亂答應什麼啊！」

百花姊妹聽了搖頭嘆氣，直接離開現場。

「難得機會啊，而且興和高中吉他社很強耶，這樣能提高技術不是很好嗎？」

「好個頭，提高個頭，我不是說了我們是打屁社，你要交流個鬼？」我氣急敗壞所以口無遮攔，小氣八拉的張元碩面帶不悅，我知道他又要老生常談地說早餐錢，所以說完我立刻轉身跑掉。

「反正我已經答應了，認命過來練習！不然我會去妳班上抓妳。」他遠遠地喊。

好啊，就只會欺負我，怎麼不去對百花姊妹或是小獻阿奎說，還有那千千萬萬個幽靈社員呀！

回到教室後，方琦然依舊低頭看著手機螢幕，見到我回到座位，她立刻轉過來問我：「那天管皓威還有說什麼嗎？」

「妳問好幾百遍了耶，我不是已經講過了。」那天和管皓威相遇的過程，以及他如何扶起我，還有說著他是蹺班過來，並且離去前那微微臉紅的模樣等等。

我都已經鉅細靡遺地告訴方琦然了，甚至還一人分飾兩角演過一遍，但她大美女老是三不五時就要再問我一次，好像我會騙她一樣。

「我想說妳會不會有多想起什麼細節嘛！」大美女居然難得嬌嗔，真是令小的不知所措。

「欸，所以你們到底是怎樣？曖昧還是快交往了？」

「上課了，專心。」方大美女每次我要多問個兩句就馬上轉移話題，只准州官放火、不准百姓點燈呀！

我哼了聲，也只能專注回台上老師的課程，不過越聽越想睡，只好在課本上隨便塗鴉打發時間。

畫出來的東西都是豬排蛋堡、鐵板麵、加了蛋的蘿蔔糕或是燒餅油條等，真不是我自己在蓋，我可是很會畫食物。

方琦然些些探頭過來。「維妙維翹呀。」

雖然想睡但我還是糾正她：「是維妙維肖，維翹聽起來有點色。」

她臉一個紅，哼了聲不理我。

快到下課的時候，聽見走廊外傳來些些吵鬧的聲音，我抬頭一看，發現是幾個提早下課的學生們。

我猜測大概是在專任教室上課的，有時老師會提早下課，要他們小心安靜地回到班級，但學生最不會的除了念書就是安靜了，這麼大規模的人群走動最好不會影響到正在上課的同學啦。

雖然我沒認真上課，可是提早下課的人讓我羨慕嫉妒恨，於是我抬起頭惡狠狠地瞪了外頭的學生。

卻正巧看見了那個被劈腿的學長。

他沒有看見我，而我注意到他的身邊有另一個女生，勾著他的手。兩個人小聲地聊著天，而學長臉上流露著笑容，看起來甜蜜得很。

當然我也注意到，那個女的就是劈腿女，沒想到學長居然原諒了劈腿女，和她破鏡重圓、重修舊好呀。

人生還真是不可思議，就跟我的媽媽一樣，選擇了原諒。

應該說，我媽媽也只能原諒。

我搖搖頭，我絕對要當個自立自強的女人，別全心相信愛情，可以戀愛，但不能當那是全世界。

「看什麼？」

我的思緒被方琦然的話打斷，我斜睨她一眼，不是不理我了嗎？還管我在幹麼。

「沒什麼。」於是我這麼說，因為這的確是沒什麼的事情。

可是方琦然卻老大不高興，不爽我沒有把事情分享給她，欸這個臭女人，為什麼她什麼都不跟我講，我就要什麼都跟她講啊！

不管，我下課一定要逼問她跟管皓威怎麼回事。

在學長他們離開我的視線以前，我又多看一眼，而學長也恰巧回頭。不過他也走到我視線不及之處，所以我不知道他是回頭看什麼。

在我還沒從人間密封罐方琦然的嘴巴中問出和管皓威事情的時候，張元碩已經公布週末要和興和的吉他社交流。

「不關我的事情。」百花說。

「沒經過我的同意。」百合也說。

「是呀！我才不要去！」我趕緊跟著搭腔。

「花朵姊妹拜託妳們，賞個臉就好，別讓我這個社長沒面子啊！」張元碩對她們鞠躬哈腰，面對我卻馬上抬頭挺胸。「項微心妳必須要去。」

「欸！差別待遇！」我大喊抗議，但無效。

「求妳們啦！興和吉他社除了吉他彈很好以外，就是帥哥很多。」張元碩說出魔鬼的誘惑。

「當我們是項微心這麼好哄？」雙胞胎冷笑。

欸欸，很失禮喔。

「我沒有說謊！」張元碩拿出手機，點開幾張照片。「這些都是興和吉他社的人，很帥對吧！」

他們三個擠在螢幕前，我湊過去看不到，所以作罷。

不過花朵姊妹卻在看了照片後答應了，雖然她們是美人，但也喜歡帥哥，所以這一招挺有效的。

而既然花朵姊妹都點頭了，我更沒理由說不，只好答應前往。

神呀，我還真是苦命。

自從習慣早餐兩份以後，恢復一份已經都吃不飽了，又欠債蘋果麵包多出的那五塊，現在還要做些多餘消耗熱量的事情，我會餓死啊！在這繁華的美食台灣，我會被餓死的啊！

但這件事情告訴方琦然，她只捏了我的肚子說：「死胖子還吃？」

可惡喔，我花了這麼多錢把自己吃這麼胖，為什麼要減肥！

況且她實在太嚴格，我根本不算胖好嗎，是穠纖合度的好身材。一定是身高不夠，看起來比例才不好，對，都是身高的錯。

來到約定好的那天，我原想裝死不出發，但張元碩彷彿看穿我的計畫，一大早就打電話叫我起床。我只好千拜託萬拜託媽媽今天早餐幫我準備得豐盛一點，但換來的也只有白稀飯和鹹蛋跟菜脯。

喔，媽媽，我會餓死啊！

稀飯怎麼會有體力！

更慘的是，家裡準備了早餐，她就連五十塊都不給我。

能想像一個高中生出門身上只有悠遊卡嗎？這是什麼世界啊！

「妳只是去附近的學校練習吉他，是需要什麼錢？」媽媽說。

「人只要一出生就開始需要錢啊……」我說。

「不然多給妳十塊買飲料。」

「現在連蘋果麵包都漲價到十五塊了，十塊是要小女我去乞討嗎？」我好可憐地哭哭啼啼，媽媽沒辦法，只好多給了我十塊。

好，二十塊。

我是不是要謝主隆恩？

可是才二十塊欸。

離開了家裡，我的肚子還是覺得很餓，決定使用萬能悠遊卡到便利商店買個麵包。

經過早餐店的時候，那在熱鐵板上頭煎著培根蛋以及肉排的味道讓我直流口水，我站在外面一直吞口水地看，可是卻吃不到。

原來看得到吃不到是這麼痛苦，我明白男人們的心情了……看我餓到都胡言亂語了。

嘆口氣地離開早餐店，認命到便利商店要買麵包，可是想起等等要坐公車來回，裡面的餘額好像不夠……

命苦啊！

於是我餓著肚子來到集合地點，先在門口等待花朵姊妹到後才一起進去。

「我原本連吉他都不想帶，純粹擺爛說。」百合冷笑。
「讓社長難堪，誰叫他亂答應。」百花翻白眼。
「妳們如果要這麼做請一定要通知我，別讓我一個人傻傻的來。」我千拜託萬拜託。
興和高中校地不大，大約就是一個ㄇ字型的八層樓，以及中間的操場而已。以高中來說算是小，不過因為樓層高，所以可以活用的空間還是滿多的。
張元碩在一樓的樓梯邊等我們，當我們走進時他還在咬指甲，看見我們馬上露出鬆一口氣的笑容，可見他也很擔心害怕我們放他鴿子。
「妳們絕對不會後悔的啦，真的都是帥哥。」他一邊掛保證。
「小獻和阿奎呢？」我問，而從張元碩的臉我知道他們臨時放鳥。
可惡都不揪一下，這兩個男人明明是張元碩國中同學卻如此不顧道義。
我們揹著大吉他一路往上爬，來到三樓我就已經氣喘如牛，難道沒有電梯嗎？
「我不想爬了。」花朵姊妹放下吉他，靠在扶手邊。
「不要這樣，吉他社在五樓，再一下下就好。」張元碩焦急看著我。「快點，項微心，動起來。」
「我……我最嬌小……你叫我動起來？你幫我揹吉……吉他算了。」我喘著氣。

樓梯傳來一陣腳步聲，伴隨幾個男生叫囂的聲響。我們抬頭看，率先跳下樓梯的是個揹著吉他的男孩，臉上有著彷彿永遠不會染上陰霾般的笑容。

「你們已經爬上來啦！」那男生說著，而後頭也跟著下來了幾個男女，大約共有七人。

「咦？不是要上去社辦嗎？」張元碩問。

「我有傳LINE給你，臨時起意，我們到鬧區路邊彈奏如何？」帶頭的男孩說，後頭的男女也一臉興奮。

姑且不說這票人真的顏值超高，那句要到鬧區路邊彈奏是怎麼回事？

「這……」張元碩面有難色，悄悄瞥了花朵姊妹一眼。

殊不知花朵姊妹站直身子，揹著吉他，面露如花般的微笑看著眼前這群帥哥美女們說：「當然沒問題。」

張元碩說有多驚訝就有多驚訝，而我則是三條線，金牛座愛美食、愛任何美的事物，也愛帥哥美女。

而且花朵姊妹吉他技巧好，當然願意啦，可是我只會彈《情歌》，其他的無法臨陣磨槍啦！

「那就沒問題，我們出發吧！」張元碩和對方擊掌，一票人轉身就往樓梯跑。

欸欸欸，是不用問我的意見嗎？

雖然我個子小但也是個人啊，不需要問問我嗎？還有我快要被我的吉他壓扁了，這個張元碩都不會幫忙一下嘛！

就在我腦中抱怨連連時，肩膀忽然一輕，抬頭看見那個陽光男孩背起我的吉他，對我露齒微笑。

「很重吧，我幫妳拿。」

「啊……不用啦，沒關係！」我趕緊說著想拿回吉他，但身高差距是世界遙遠的距離，他看見我的模樣反而笑出來。

「沒關係，這事情就交給我吧。對了，我是興和吉他社的社長，我叫謝子揚，和張元碩是國中同學。」

「我、我叫項微心。」

「微心呀？很可愛的名字。」他說完又笑了一下，然後朝樓梯下走去。

而我站在原地看著他的背影。

天、喔！

那種帥氣的模樣、那種陽光的笑容、那離去的背影是怎樣？

這是另一個世界嗎？居然有男生這樣幫我揹吉他！

老天爺，我的心臟正瘋狂跳動中，該不會是心律不整吧。

我們一群人坐上捷運，來到西門町，在出站的時候我發現悠遊卡只剩下六十塊，好在還夠來回，希望等一下大家不要說一起吃東西，只有二十塊太無地自容。

「我們偶而會這樣喔，假日大家約一約，來到西門町徒步區彈吉他給路人聽。」謝子揚神采飛揚地說。

「可是這樣不會很尷尬嗎？」我問。

「一開始會啦，可是不是自己一個人，還有社員們，所以不會太害怕。而且等到真的唱歌以後，氣氛就會熱絡起來。」

「如果沒人停下來怎麼辦？」我緊張兮兮看著來來往往的人潮，他們感覺都不會停下腳步。

「所以如果有人停下來，那不是很開心的一件事情嗎？」謝子揚對我一笑，十萬伏特，比皮卡丘還厲害。

「我……我不是很會彈。」我拿出吉他揹在身上，卻往後退了一些。

然後我注意到，他們社團有幾個女生的吉他尺寸比較小，手指按弦就不需要張得太開，為什麼當初張元碩沒跟我說有小一點的吉他選擇，這不盡責的社長。

「我沒記錯的話，妳就是校慶時在台上唱歌的那個女生吧。」謝子揚一邊調整吉他背帶時一邊說。

「嗯，但那是苦練三個月出來的，我完全對吉他沒有基礎……」

「沒有基礎還可以自彈自唱很厲害呢，而且我覺得妳唱歌很好聽。」

「啊？」

我一愣，他一臉無所謂說出這種話讓我不知如何反應。

「我說妳唱歌很好聽，很有療癒效果，當時台下一片安靜，都陷入妳的歌聲之中了呢。」他看著我的臉如此說，還不忘瞇眼微笑。

這種話，我從來沒有想過會在現實中聽到。

我感覺到自己的雙頰發紅，畢竟一個帥哥這樣跟妳說話，妳很難無動於衷吧！

「所以不要害怕，不然我們大家就彈《情歌》如何？我們應該有譜……」謝子揚想了一下。「陳語恩，我們有《情歌》的譜吧？」

他朝一個留著蘑菇頭短髮的女孩問，她轉過頭來，臉頰有著兩坨自然紅暈，像是蘋果一般。

「有喔，要彈那首嗎？」陳語恩說。

「對，項微心對那首比較熟悉，就讓她唱歌，我們大家彈如何？」謝子揚的提議大家都贊同，但我立刻反對。

「不行啦，我沒有辦法，這邊這麼多人！」

「別擔心，我們大家會跟著妳一起唱。」陳語恩對我微笑，手指刷了幾個和弦。

「是呀，就跟校慶的時候一樣。」花朵姊妹何時變得這麼好相處。

「加油！項微心！」張元碩這欠揍的社長。

不過眼前如此多外校同學，加上顏值一百，況且也不是我一個人，躲在人群之中，又有人和我一起唱，似乎真的沒有校慶緊張一樣。

「我們都會陪妳的，不要擔心。等等開場交給我們就好！」謝子揚再次對我露齒微笑。

ＯＫ，我是不及格的收服師，收服不了皮卡丘，只能被他電得七葷八素。

「那、那好吧。」我垂下頭看著自己的吉他，覺得手指顫抖。

很快的大家排好隊形，我站在第一排的中間，而我旁邊就是謝子揚和張元碩，後頭則是花朵姊妹，其他兩邊都是別的社員。

忽然謝子揚大喊一聲，先是吸引了周遭路人注意，接著興和的吉他社社員開始喊著口號。老實說我沒聽清楚他們講什麼，不過他們快速地刷了幾下吉他，發出很有節奏的弦律，有幾個路人抬頭看一眼就走過去，有些根本沒有看。

但是他們似乎不在意，繼續刷著吉他，然後忽然停下，謝子揚大聲說：「今天我們在此彈奏一首《情歌》，請大家不吝嗇給予指教，給我們學生一些鼓勵！」

說完後他們又胡亂刷了幾下弦，聽起來亂無章法但是卻很歡樂，不知不覺我笑了起來，花朵姊妹也是。

「交給妳囉。」謝子揚對我眨眼。

我吞了口口水，然後輕拍音箱，彈起前奏。

有趣的是，我們這邊的人彈的和弦都和我一樣，而謝子揚他們每個人彈著不同的和弦，更甚至有人純彈單音，就好像是個交響樂一般，有不同的聲調，完美融合。

你寫給我　我的第一首歌
你和我　十指緊扣　默寫前奏
可是那然後呢

我唱著在校慶時的歌，卻覺得心境完全不同，雖然依舊緊張，可是卻覺得那份緊張來自右邊。謝子揚的歌聲明明和大夥的聲音在一起，我卻可以清楚聽見他的。

就像是一堆黑線中的白線一般，如此清晰，如此吸引我的耳朵。

眼前停下的人越來越多，不久便圍成一個圓圈。有人拿出手機拍照或是錄影，有人帶著笑容跟著我們的歌聲一起搖晃身體，更有人似乎也會彈奏吉他，手指跟著我們一起在空中按著。

而我看向旁邊的謝子揚，他也正巧回過頭看我，對我微笑點頭，稱讚我。

還好我有　我這一首情歌
輕輕的　輕輕哼著　哭著笑著

我的臉一定紅了起來，我趕緊看著前方，只聽見自己的心跳聲音。

還有最後語落的那一句歌詞。

我的　天長地久

第四章

「項微心，妳在發什麼呆？」

「啊？」

方琦然的手在我的眼前上下晃動，我忽然回神，看著她的臉呆滯一下，才問：

「幹麼？」

「我才問妳在幹麼呢！」她指著我的早餐。「妳沒有一口氣吃完早餐，這是大事情欸，不會要下紅雨吧？」

「什麼早餐？」我看了一下自己桌面，吃到一半的豬排蛋餅，喝到一半的奶茶。

這還真的不太單純，我明明早餐會狼吞虎嚥的呀。

「說，妳在想什麼？為什麼早餐都吃不下嚥？」方琦然食指敲著桌面。

「是食不下嚥。沒有啦，沒什麼事情。」

「少來，早餐都停頓，一定有大事，妳在煩惱什麼嗎？還是身體不舒服？」方琦然擔心的說。

「真的沒事情啦！」我擺擺手，但方琦然哪肯罷休，瞇起眼睛。

好吧沒辦法，方琦然這個小惡女就是自己的不說，一定要知道別人的。

大方的金牛——也就是我，倒也不是說不願意分享我的事情。

所以我告訴她週末時興和吉他社的事情。

在那天表演完後，我們得到了很大的掌聲，每個人都笑開了臉，我第一次覺得自己有如此大的成就感。

因為，校慶是學校裡的學生，大家就是來到學校這看表演。可是在西門町這裡，路人停下是出自於他們的意願，一定要我們表現得引人入勝才會有人願意停留。

後來謝子揚他們又表演了幾曲純伴奏的音樂，後來也合唱了一些流行歌曲，我跟不上所以就坐在旁邊休息，順便幫大家拍照。

結束之後，果不其然所有人說要一起去吃東西，我只有二十塊只能點飲料，連速食店推出的三十九塊組合都付不起。

但是謝子揚卻在我說了只要可樂時皺了眉頭。

「剛表演完怎麼可能不會肚子餓？不要看吉他只是動動手指，其實也是很耗體力的，一定要吃飽才行！」謝子揚說得頭頭是道。

這我當然明白，我就算只是躺在沙發也會肚子餓，更別說彈吉他又唱歌了。

不過只有二十塊，兩個笑得令人心寒的國父，所以我也只能甜美的微笑說：「沒關係，我不餓。」

要金牛座說出我不餓這句話是有多令人震驚，花朵姊妹在後頭瘋狂搖頭，不可置信。

張元碩更是張大嘴巴，還一直挖耳朵以為他聽錯。

好在他們這些蠢樣都沒被謝子揚看見，謝子揚只是頭一歪，說了句：「怎麼可能不餓。」然後就多點了一個麥克雞堡。

大哥，我沒錢啊！你這趕鴨子上架我付不出來啊！

「今天就算我的好了，畢竟是我硬拉你們出來，算是答謝你們！」謝子揚轉頭對張元碩和花朵姊妹說。

「真、真的嗎？」我張大眼睛。

「當然是真的。」他微笑。

不論他是知道我很窮，還是真的只是很有禮貌要餵食大家，不管怎樣，他此刻在我眼中就是聖人！

「那我們的份呢？社長？」陳語恩打趣問著，後頭社員笑成一團。

「你們平常有很多好處了吧？」謝子揚笑著，又轉過頭對我說。「下次有機會我們可以再切磋一下，吉他很有趣的。」

「好！」我想也沒想立刻回答！

接著我們在速食店度過了愉快的下午，那麥克雞堡超好吃。
聽完我所說的回憶，方琦然歪頭：「我只聽懂了麥克雞堡超好吃。」
「吼，不是啦，妳這個女人！重點是謝子揚啊！」
「妳說的很帥通常都不怎麼樣。」
「妳喜歡的管皓威還不是個不良少……」話都還沒講完，腳就被方琦然用力踩了一下。
「我沒有喜歡他。」她還嘴硬。
不過現在我的事情比較重要，我立刻拿出手機把那天表演的照片點出來給她看：「真的很帥呀，妳看。」
方琦然看了一眼，稍稍皺了眉頭。「難得妳眼光不錯。」
「是吧是吧！很帥對不對，重點是還很大方，然後又懂得領導人，為什麼我們的社長不是這樣的人啦！」
「大方請妳吃飯是重點吧，妳真的是為了吃什麼都可以耶！」
「哪有什麼都可以，才不要亂講。」我哼了聲。「妳到底要不要告訴我有關管皓威的事情啦？」
方琦然沉默一下。「妳不會覺得我們很不配嗎？」

「不配？為什麼？」

「就是……妳不是說他是不良少年嗎？事實上他也真的有些不良，而我、而我算是品學都優的好學生，家教又好，不覺得我們這樣……」

我舉起右手制止她。「我只聽懂妳在誇獎自己，而且妳國文造詣很不好，是品學兼優，都優是什麼？」

「我很認真！」方琦然氣得打了我的手臂，力道之大留下紅印。

「我知道啦，只是想說這麼嚴肅開一下玩笑嘛！」我呼著自己的手臂。

老實說，雖然一開始看到管皓威我有些嚇到，畢竟沒有想到方琦然會對小混混有愛慕之心。

可是這不就很像漫畫劇情嘛？

千金小姐愛上不良少年，多浪漫。

喔，可能換到現實就不浪漫了。

「所以，妳真的是喜歡他吧？」

「可能算吧。」

「可能？？」事到如今？

方琦然臉一紅。「好，我是挺喜歡他的沒錯，可是又能怎麼樣呢？」

「什麼又能怎樣？」不就是交往在一起好開心嗎？

「就是，我和他，我們國中光是站在一起，馬上就會有老師過來關切我是不是被欺負或是威脅，妳懂那種羞辱感嗎？不只他，連我也感覺被羞辱了，我和他站在一起，有那麼奇怪？」

沒料到方琦然會突然這麼……脆弱。

我能想像那種感覺，雖然自己沒有體會過，但是能夠想像。

所以在校慶時，管皓威才會寧願站在遠處，看著人群當中發光的方琦然而不敢靠近。

天啊，這有多淒美。

我用力搖頭，然後握住方琦然的手說：「何必管那些人的眼光，有愛才是最重要的，不要被那種無聊的事情影響。」

我如此激動的模樣讓方琦然一愣，接著噗哧一笑。

「項微心，有時候妳的天真，還真是浮木。」她說。

浮木是希望的意思不是嗎？

可是這句話聽起來怎麼有些悲傷？

「真的啦，方琦然，你們上次校慶後就都沒有見面嗎？」

「畢業後本來就很少見面，加上他讀夜間部，白天都在打工，其實能見面的時間很少，而且要用什麼理由見面？」

「見面怎麼需要理由？」我歪頭。「難道不見面就會忘記對方嗎？」

「時間久了，可能就會淡了。」方琦然講得好輕鬆！

「怎麼可能會淡了！不行這樣，我不能容忍妳這個大美女臉上有一絲絲遺憾！」

於是我搶過她的手機，然後超快速地打開 LINE 的介面。

可惡！有密碼！

我的頭用力被方琦然K了一下，她扯了嘴角拿回自己的手機。

「我還沒有沒用到需要妳當軍師。」

怎麼這樣講話啦，人家是為妳著想耶。

「我自己會約他的。」

「真的？」

「嗯，妳那句話點醒我，為什麼要有遺憾呢？」她微笑，然後按下密碼。

我偷看到了，密碼是 1314，好俗氣，一生一世。

我不知道方琦然打了些什麼，只說了約了這禮拜六見面，然後要我也出席。

「等一下，為什麼我要去？」

「妳是我的理由。」

「什麼理由？」

「有課業上的問題，大家一起念書。」

「我討厭念書！」我大喊。

「所以我約速食店，太過吵鬧無法念書，我們可以聊天後再去逛街。」

「原來如此，妳也真是機關算盡。」

「什麼機關？我沒有用機關。」方琦然皺眉。

「……沒關係，妳這樣也很可愛。」我說。

方琦然沒多說什麼，帶著笑容轉回黑板，看起來很開心。

女孩子在想起喜歡的男生時，都會這麼可愛嗎？臉上都會帶著微笑嗎？都會忘了眼前該專注的事物嗎？

我看著自己桌上的早餐空盒，想起謝子揚的笑容。

好溫暖好溫暖，就像是初春一樣，帶著暖意。

在早餐店買完早餐之後，發現路樹已經開花，果然是春天來了。反正時間還早，所以我坐在公園旁的椅子上，打開早餐盒決定在這先吃。

或許是心理作用，早晨的空氣總是感覺比較清新，我看著在公園玩耍的一群小鬼，流露笑容。

「欸？項微心？」一個熟悉的聲音從一旁響起，正咬著漢堡的我抬起頭，見著的是穿著藍色運動服的謝子揚。

「咦！」我想打招呼，不過嘴巴裡頭塞滿漢堡，手上也沾滿了麵包芝麻屑，趕緊拍一拍兩隻手，卻找不到衛生紙。早餐店的阿姨怎麼沒有幫我放衛生紙啦！

「這給妳吧。」

喔不，我實在是太沒有女人的樣子了，居然是這帥氣的謝子揚遞衛生紙給我。

「謝謝。」口齒不清的我趕緊擦擦嘴巴和手，並把早餐盒蓋起來。「你好。」

「妳每天都在這邊吃早餐呀？」謝子揚微笑著，我看見他的手上也提著早餐袋。

「沒有，是今天剛好。」我小聲說著。

他看了看手錶。「那難得還早，我也坐在這邊吃好了。」

咦？我有聽錯嗎？

謝子揚還真的就走到我的旁邊，一屁股坐下，把書包放在一旁，拿起早餐就開始吃。

眼尖的我快速看了一下，早餐是總匯三明治加大紅茶，是加美早餐店。那家阿姨只對男生比較好，所以我後來都不去那邊買了。

不對啦現在謝子揚這個大帥哥在我眼前，我還有空去在意什麼早餐啦笨死了，就是這樣才一直沒有男朋友！

「那個……」

「妳會介意嗎？」他歪頭，看起來好好吃，我是說總匯三明治。

「什麼？」

「就是我這個不是很熟的人在這邊和妳吃早餐呀。」

我立刻搖頭。「謝謝你當時請我們吃東西，而且那場校外練習讓我學到好多。」

「那沒什麼啦，有機會再一起呀。」謝子揚微笑，初春都沒他溫暖。

我打開早餐盒，看著被我咬一口的漢堡，喔，為什麼偏偏是今天我點漢堡這種要張大嘴巴的食物啦。

偷偷斜眼看了正在咬總匯三明治的謝子揚，不公平，男生就算張大嘴巴吃東西也是豪邁地帥氣，可是為什麼女生這樣就會很難看很不淑女啊……

可是我在張元碩面前就從來不在意這種事情……

「妳不吃嗎？妳是不是食量很小？」謝子揚忽然問。

「喔，不，我食量很大的。」下意識我就這樣回答。

結果謝子揚先是一愣，隨即大笑。「第一次聽到女生會說自己食量很大，通常不是都會裝模作樣的說自己是小鳥胃嗎？」

是這樣嗎？

見到我訝異的表情，謝子揚笑得更是開心。

「張元碩之前一直跟我說，他的社團裡面有一個很白痴的女生，我還想說能有多白痴，結果親眼所見果不其然。」

「白痴……」我咬著下唇。

「喔，我不是那個意思啦，不是罵妳，是指可愛的那種。」他趕緊解釋，而我覺得臉頰有些發熱。

「可愛的意思是……」

「就是傻傻的，很可愛呀！」他理所當然地說。「所以妳要不要吃漢堡了呢？」

天喔，第一次有人說我很可愛，而且還是一個這樣的帥哥。

結果就被可愛兩字沖昏頭的我，拿起漢堡傻笑著就張大嘴咬了下去，還吃得津津有味。

「看妳吃東西好像很好吃一樣。」謝子揚一笑，把他早餐盒遞給我。「我食量其實不大，但那個阿姨每次都會加很多料給我，妳要不要幫我吃一些呢？」

我最近是不是走什麼好運了，一切都好順利。吉他想彈就彈得很好、錢不夠有人幫我付、早餐還可以吃兩份、還聽見了生平第一次的『可愛』。

最重要的是，現在這個局面，帥哥問我要不要吃他的早餐，這根本就是人間美味。

我立刻用力點頭，接過他的早餐盒。

總匯三明治是吐司麵包切成四塊，裡頭有肉排、番茄、生菜以及蛋，謝子揚吃了四塊，裡面卻還有三塊。

吼，那個阿姨這男女差別是不是太大了，根本就快是兩份了啊！

我以前去買她番茄還都只加一片小氣得要命，結果居然給帥哥兩份。

「如果妳習慣每天在這邊吃早餐的話，以後我可以把我吃不完的給妳嗎？」謝子揚見到我三兩下就把剩下的解決，還吃光了自己的漢堡和飲料後如此問。「啊，我不是說妳是垃圾桶之類的，只是覺得與其我帶到學校浪費，不如讓妳吃飽一些。」

難道我的臉上寫著『餓死鬼』三個字嗎？

但多虧這三個字，我以後又有好吃的早餐可以吃了，唷呼。

當然帥哥也是重點，別看我講得好像附加條件一樣，我可是覺得很重要的呀。

「這樣不會太麻煩……學長嗎？」禮貌上我還是稱呼他學長，畢竟比我大呀。

「叫我謝子揚就好了，我看妳們叫張元碩也都連名帶姓。」他偷偷笑著。

我歪頭，假裝不好意思。

「那就這麼說定了，我都差不多這個時候出現。」他站起來，不過馬上又坐下，從書包拿出手機後說。「交換個聯絡資訊吧，以防我們其中一人在這邊等。」

這種要聯絡方式的手段真是高明，但我心甘情願兒。

於是帶著笑容，我開心來到教室。

「好噁心，怎麼了？」方琦然一大早的問候語就如此狠毒。「妳沒帶早餐？」

「剛剛吃飽了。」不只肚子飽，連心都飽了。「我再來都不用跟妳借十五塊了。」

把剛才的事情告訴方琦然，明明是如此浪漫快樂的事情，但是方琦然卻換來一個白眼，看著我說：「妳真的是笨蛋耶，稱讚妳可愛妳就要飛天，還是其實是早餐誘惑到妳？妳到底是有多貪吃呀！」

「食物很重要，帥哥也很重要，能看帥哥又能吃東西，為什麼不去……」我好可憐好可憐地點著手指，為什麼方琦然每次都要罵人家……

「欸，我覺得不太單純，哪有人會見一次面就要跟妳吃早餐，怪怪的。」

「不是一次面，在校慶上面一次，西門町一次，加上早上這樣就三次面了！」而且以後還會有更多次，想到我就一陣心悸，應該講心動比較好？心悸好像身體出問題。

「好，就當三次好了，但是這樣跟妳約之後有點怪，妳除了LINE以外有沒有要到他的臉書之類的？」

「沒有耶。」

「他真那麼帥的話，怎麼會沒有女朋友，小心一點啊，妳這個好傻好天真的笨牛。」方琦然食指戳了我的額頭一下。

「不會啦，只是吃個早餐，而且不像有女朋友的感覺。」

「妳又知道。」方琦然哼了聲。

「不說這個，我們和管皓威約的時間就要到了，妳有沒有很緊張啊？」我抱住她的肩膀，故意開始調侃。

「走開啦。」她推著我，但是態度明顯和緩許多。

隔天早上，我忐忑不安地提著早餐來到公園邊的長椅上，拿出鏡子看了看自己的頭髮。早上還特地吹了個內彎，瀏海也乖乖的，很好，一切都很完美。

然後，必須裝做不在乎的模樣，不能看起來就在等謝子揚，女孩子家要有女孩子家的矜持。

所以我慢條斯理地坐在長椅上，拿出今天的玉米蛋餅，優雅淋上醬油膏，並把吸管插入奶茶之中，櫻桃小嘴含著輕輕吸一口……

「項微心，妳這麼早就到啦！」

噗——

我差點就噴出來，趕緊硬喝下去，鼻孔有一些奶茶流出來，但依然故作優雅：「早安。」

謝子揚搖晃著手中的早餐。「今天阿姨又加料了。」

他自然地坐到我旁邊，我彷彿聞到他身上的味道，是豬排鐵板麵，喔，應該說他早餐袋中的味道，而且還是黑胡椒的喔。

一打開，果然沒猜錯，但上面多了兩顆蛋。

「其實我只點黑胡椒鐵板麵，妳相信嗎？」他有些不好意思地說著。

「你以後可以賺女人的錢。」我誠心建議。

「是這樣嗎？」謝子揚笑得開心，把一半的豬排和一顆蛋夾到我的蛋餅上。「來，請吃吧。」

「謝謝，這樣子要不了多久我就會胖了。」我開心說著。

「哪會呀，妳很瘦呀，而且女孩子就是要肉一點比較好看，我不喜歡紙片人。」謝子揚自然地說，讓我剛咬的蛋餅差點又要吐出來。

是我多心嗎？

為什麼他講話充滿如此多的……想像空間？

「喔……」結果我不知作何反應，只能默默地繼續吃著我的早餐。

接著他忽然伸手夾走了我一個玉米蛋餅，直接放到他的嘴中，看著我說：「交換一下才公平。」

老天爺。

請不要再懲罰我的心臟了，再這樣下去，我就必須要去檢查心跳有沒有正常，忽快忽慢的很不舒服呀！

這樣的笑容，這樣的陽光男孩，怎麼可能會有什麼奇怪的地方。

方琦然真是太擔心了，疑心病的女孩。

要是有一天，我和謝子揚、她和管皓威一起出去玩的話，那該多好。

我只是想一下而已，想一下也沒關係吧，想像又沒有罪。

於是和謝子揚的早餐約會，就這樣持續了一個禮拜。每天他都會和我說明天見，而隔天我們也會在同一個地方交換早餐。

他時常和我說吉他社的事情，但其實我對吉他的興趣不及食物以及他大，所以他說的話大多時間我都只是微笑聽著。

在星期五的早上，當我們都吃完早餐要道別的時候，謝子揚忽然拉住我的手。我轉過頭，他的臉離我好近。

身高相差這麼多，怎麼會離得這麼近？

我才意識到是他彎下腰，而這個舉動絕對不是我多心，他就要吻上我。

明明這只是短短一瞬間的事情，可是那一個瞬間，我的腦袋浮現了好多問題。

為什麼要親我？

我們是男女朋友嗎？

他喜歡我嗎？

剛剛吃的早餐是蘿蔔糕，初吻是蘿蔔糕的味道也太不浪漫。

現在旁邊有人嗎？會不會有人看到？

我是不是應該閉上眼睛？

但是這麼多的聲音，卻抵不過方琦然忽然出現的臉，以及她的那句：「怪怪的。」

所以我立刻低下頭，謝子揚溫熱的脣貼在我的額頭上。

就算只是這樣，我全身的熱度也都集中到額頭上，感覺到自己好像腳軟一樣。謝子揚則笑出聲音。

「反應很快嘛。」謝子揚說。

「這、這個，抱歉，我只是……」笨蛋喔我，為什麼還要道歉啦！

「是我不好，沒說清楚就這樣對妳。我只是覺得妳太可愛了。」他不好意思說著，而我抬頭，看見他靦腆的模樣。

我說不出話來，這種害羞的時刻，我不知道該怎麼辦。

「那，項微心，妳願意跟我交往嗎？」他拉起我的手，放在他的臉頰邊。

老、天、爺。

救命，我需要急救。

這是怎樣啦！一個大帥哥這樣把我的手放在他的臉頰邊，這又不是在演偶像劇，怎麼會這樣子啦！

「我、我……」我他媽說不出話來。

請原諒我爆粗口，技術上來說我是在腦中想，所以也不算說出來，但我真的不知道該怎麼辦。

「妳下禮拜一再回答我就可以了。」他朝我微笑，然後吻了我的手背。

我用力點頭，表示我願意和他交往，可是謝子揚以為我是答應他下禮拜一回答。

總而言之他牽著我的手走出公園外，在路口才與我道別。

我看著他離去的背影，下禮拜一，我們就會交往了，是嗎？

我忽然覺得天空好明亮、空氣好清新，然後不自覺笑了起來，又害羞得要命。

果然愛情就是來得很突然，方琦然又是在怎樣的狀況之下，發現自己喜歡管皓威呢？

我已經迫不及待和她分享這一切了！

結果到了學校，方琦然居然請假，從她訊息中看來似乎是感冒發燒了。

「這樣明天的約會不就要取消了？」我回覆。

「我今天會養好身體，明天一樣要去。」方琦然回應。

都發燒了明天怎麼去啦！身體比較重要吧！

可是，方琦然都這麼逞強了，我身為她最好的朋友也別多說些什麼。依照她的個性，要是我在此刻反駁她，她一定會覺得生氣又無助吧。

我真是個貼心的好朋友，所以要她好好休息，千萬不要逞強，明天臨時取消也沒關係。

然後在學校度過沒有方琦然的一天，覺得耳朵真是不習慣沒人毒舌。

我不斷打開手機螢幕，但謝子揚都沒有傳簡訊過來，我覺得很失望，但又不想先傳。

仔細想想，就算有了LINE，我們也幾乎沒傳過訊息。

放學的時候我很罕見地到了吉他社，意外看見小獻和阿奎在裡頭，他們見到我來也很訝異。

「怎麼會過來，忘記東西嗎？」

「你們才為什麼在這邊呢。」我原本是想來找張元碩的。

「偶而放學都會過來彈彈吉他啊。」他們將吉他揹起來，隨意彈了幾個音。

我很少聽見他們兩個彈吉他，張元碩曾說過他們很厲害，可是看起來卻很不認真，也從不參加任何活動。

「那為什麼上次不表演，也不去興和交流？」我問。

他們兩個人對看一眼，接著聳聳肩。

「和謝子揚他的社團啊，就算了吧。」

「怎麼這麼說呀，他人很好呢。」我盡量裝得自然。

「是好沒錯，但……」小獻聳聳肩。「哎呀，就別提他了，反正我們和他不合。況且當吉他變成一種義務，就不會喜歡了。」

「任何事情都是這樣啊，當興趣變成工作，就失去了熱忱。」阿奎接著說。

「但是人不都說興趣和工作結合才是最棒的嗎？」

「哎呀，小微心不懂的，我們只想在草原上彈彈吉他、把把妹，快活快活就好。」阿獻又彈了幾個音。

「是啊，吉他是排遣壓力，不是製造壓力的。」阿奎也刷了幾個和弦。「沒事就快點走吧。」

然後兩個學長就把我趕走，也來不及問他們張元碩在哪。且剛才根據他們的語氣，似乎不是很喜歡謝子揚的感覺。

我再次滑開手機，依舊沒有任何人傳來的訊息。於是我一個人踏上回家的路，一整天渾渾噩噩似的，好像一切都假的。

前方太陽西下，把天空與道路都染成一片橘紅，像是火燒一般。明明是暖色調，卻覺得很孤寂。

忽然我注意到前方走在一起的情侶，是那個學長，以及那個劈腿女。

他們甜蜜的模樣，在我眼裡看來格外熟悉又諷刺。

曾經，我的父母也曾如此牽著手漫步夕陽下，年幼的我走在身後看著這一切，覺得世間美好的愛情不過如此。

然而如今，那一切都成了謊言。

暖色調的橘，再也不溫暖，反而充斥著謊話與寂寞。

如同眼前的情侶一般，原諒了劈腿女的學長，難道就真的能釋懷？

支撐著這份『原諒』的是偉大的愛，但愛會消逝，當有一天愛消逝殆盡後，剩下的是什麼？

憎恨、後悔、嫉妒、厭惡。

這一片橘，終將會染上一片黑。

我討厭夕陽，所以閉上眼睛，遮住眼淚。

反正閉上眼，也是漆黑。

第五章

昨天的壞心情在早上看見方琦然的訊息一掃而空。她傳了一張自拍照，說了自己靠著毅力戰勝病毒，今日行程照舊。

所以我跳起來，梳妝打扮，有道是醜媳婦也要見公婆，我的心情就像是這樣。畢竟是方琦然喜歡的男生，我身為方琦然最好的朋友，總不能讓她丟臉。

「你要去哪裡？」我聽見媽媽的聲音，原本以為她是站在門口問我，不過卻注意到她是在跟爸爸說話。

「出去一下。」爸爸的聲音模糊傳來，而我面對化妝台梳著頭髮。

「你又要去找那女人嗎？」媽媽說。

「沒有，妳不要亂想。」爸爸說完直接走出去，我聽見關鐵門的聲音。

然後我聽見媽媽隱隱啜泣的聲音。

夠了，這一切都夠了。

我從鏡子裡頭看見面無表情的自己。

為何還要多問？他一定就是去找那女人。

所以為何要原諒？因為他一定不會改。

那又為何要哭泣？既然妳已經做了選擇。

不要說是為了我，不要把一切推到小孩身上，是妳沒有離開的勇氣。

握緊梳子的手泛白，我用力將東西放到桌上，深吸一口氣。

不看、不問、不聽。

就沒事了。

我穿上紅色格子襯衫，拿起一旁的斜肩包，還特地挑了雙可愛的襪子，然後準備出門。

媽媽已經擦乾眼淚，在廚房整理剛買回來的菜。

看著她的背影，我內心一股心酸，但同時也覺得很生氣。

「我要出門喔。」

「會回來吃晚餐嗎？」

「應該是會吧。」我穿上布鞋。

「能給我一個確定的答案嗎？妳爸也說應該，妳也說應該，這樣我怎麼煮飯？」

媽媽將蔬菜用力丟到砧板上。

為什麼把氣出在我身上？

「那妳可以不要煮啊！」我回吼著，忍住奪眶而出的眼淚，直接離開家門。

一路上我內心氣憤難耐，我也不想說出那些話，但為什麼一切都如此不盡人意？在目的地等待方琦然和管皓威的時候，我拿出手機，按下了謝子揚的訊息介面，接著打上『不用等到星期一了，我們交往吧。』後傳了出去。

然後關掉手機螢幕，我沒有勇氣去看他是不是已讀了。

接著方琦然出現，雖然還有一點點的憔悴，但是她化了一點妝，讓自己看起來氣色不錯。

「我這樣穿會不會很奇怪？」

她大美女穿著碎花連身洋裝，搭配上那波浪長髮，說有多可愛就有多可愛。這要是我妹妹，一定把她關在家裡不准出去。

「我覺得漂亮極了。」我真心誠意，她看起來很開心。

而也許她真的也太開心，所以沒有注意到我表情怪異。

不一會兒，管皓威騎著機車出現。他黝黑的臉上看起來有些不好意思，從機車車箱中拿出一袋看起來就裝了一堆課本的提袋。

我想他一定沒有參加過讀書會，所以才不知道要帶些什麼書，只好全部都帶來了。

來到速食店以後，我才赫然發現自己沒有帶錢，因為早上那樣子出門，根本沒辦法跟媽媽要今天的零用錢。

而我也才忽然體認到，我是個連十塊錢都還要跟家裡要的學生，那又為什麼要去評斷媽媽所做的決定？

我用力搖頭，死也不能步上媽媽的後塵，所以我一定要很努力才行。

這麼想以後，我忽然專注在念書上，甚至覺得一直解不開的數學好像都解開了。

不過念書卻不是今天的目的。方琦然的腳在桌子底下踢我好幾次，我不耐煩地抬頭用眼神問她要幹麼，她則對我擠眉弄眼看了管皓威。

管皓威也正低頭看著自己的課本，看起來像在默背什麼，我瞄了一眼，是歷史。

「那個，我有自我介紹過了嗎？」我只好先開口，剛才都在想自己的事情，完全忘記怎麼走到速食店，也忘記剛才點餐沒錢是誰幫我付的。

「妳是剛才失去記憶了嗎？」方琦然皺眉。

「我在想事情。」我嘿嘿笑了兩聲。「我叫做項微心，是琦然的好朋友喔。她這個人太孤僻，沒什麼朋友，只有我大發慈悲可以容忍她，所以和她很要好喔。」

方琦然伸手捏了我的臉。「不說話沒人當妳啞巴。」

剛才是誰要我說話的啊！

不過看見我們這樣的舉動，管皓威卻笑了起來。他笑起來那種不良少年的氣氛就消失了，反而看起來很純真。

「我知道。」他就只說了這短短的三個字。

然而我卻忽然理解，為什麼方琦然會喜歡他了。

當我們離開速食店，我卻忘了鉛筆盒又回到原位拿，抬頭看見站在外面的他們。兩個人中間隔著一個不短的距離，兩個人所拉開的距離，是兩個人內心都覺得配不上對方的距離。那距離，一定是世界上最遙遠的距離了。

他們站在一起老實說，的確差異很大，的確容易讓人誤會。可是只要用心去看，再多看幾眼，就會發現兩個人其實很相配呀。

我搖搖頭，打起精神地大笑著來到他們身邊，說自己多糊塗忘記了鉛筆盒，然後問要不要再去其他地方轉轉。

內心的計畫是，等到達定點就假裝家裡有事情先走，讓他們兩個獨處。方琦然當然也懂我的計畫，她那既害羞想拒絕卻又期待的表情真的好可愛。

「喔，我就不去了。」管皓威的反應卻出乎我們意料之外，他看了手機後說。「我答應女友晚上和她吃飯。」

等一下，我有聽錯嗎？

我看了方琦然，她也是一臉震驚加狐疑，我們都懷疑是不是耳屎太多。

「跟誰吃飯？」我問。

「女朋友。」管皓威走到機車旁邊，將書袋全部放到車箱裡面。「我……最近交了一個女朋友，她是我打工地方認識的，和我一樣家境都……總之，她很開朗，笑口常開……」

他越說越小聲，我越聽越糊塗，所以現在是……？

「恭喜你了。」方琦然的話更是讓我瞪大眼睛，她嘴角勾的笑意，如此真誠，也如此淒楚。

管皓威抬頭，對上她的眼睛，我想說些什麼，但此刻我卻想不出該說些什麼。

我要罵他？還是要跟著恭喜？

或是乾脆避開？

怎樣都不對呀！

「方琦然，我……我的手又髒、又黑，我……」管皓威低下頭，接著抬起頭來。

「會有更適合妳的男孩子。」

「或許吧。」方琦然說著。

她的淡然，也許連管皓威都覺得訝異。可是我知道方琦然是拚了命忍住眼淚，她那該死的面子與自尊，以及不願意讓管皓威有罪惡感，方琦然拚了命撐著微笑。

而管皓威戴上安全帽，轉動油門直接離去，沒有回頭，也沒有其他的話。

又是夕陽，又是那一整片的橘紅。

他的背影消失在那一片橘紅之中，一樣帶著哀愁與傷感、一樣孤寂，依然令我想要掉淚。

我握緊方琦然的手，想抱緊她，告訴她沒關係就哭吧，就在我面前宣洩妳的脆弱吧。

「我的生日是十三號，他是十四號，他曾說過我比他大了一天，所以所走的路都比他多了一天，所看得世界也比他多一天，所以他只能跟在我後面。」方琦然先說話了，我想起她的 LINE 密碼，就是 1314，當時以為是俗氣的一生一世，沒想到卻是他們兩個的生日。

「他的家境很不好，但我知道他比任何人都努力。也許他真的走歪過，但他很努力走回正軌，為什麼社會、為什麼我們都不能給他一個機會？」從她的聲音我聽出來，她正在哭泣。

我沒有勇氣轉頭看向她的正臉，只能更加用力握緊她的手。

「為什麼不是我可以擁抱他，為什麼不是我能站在他身邊給他力量？明明很喜歡，明明也彼此喜歡，然而為什麼卻要因為外在的眼光，而去選擇所謂的『更適合』自己的人？」

她的話如同針般深深刺進我的心中。

是不是世界上的每一段感情，都不是純粹的「愛」或是「喜歡」，而是有很多附加條件加入進去，成就一段感情，不需要極愛，只需要「合適」。

我想起媽媽的背影，想起那個被劈腿的學長的背影，還有剛才離去的管皓威的背影。

忽然間我的眼淚也掉下來，不是由愛構築的感情，那還是愛情嗎？

一輩子生活在一起的人，不是因為愛結合、不是因為愛而走下去，而是條件、合適、習慣等。

好悲哀、好悲哀。

西下的夕陽，令人泫然哭泣，把所有傷悲留在這，留在我們心中。

方琦然大失戀，所以我沒告訴她謝子揚的事情，同時我也沒收到謝子揚的回覆。但他也沒說禮拜一不會出現，所以我站在公園等了許久，但卻沒見到他。

來到學校後，意外發現方琦然也來了，她的表情看不出才剛失戀，一如往常美豔以及毒舌。

「妳……妳沒事吧？」

「能有什麼事情？」她甩甩頭髮。「我可不會回頭看。」

「嗯，這樣很好，方琦然就是要這樣！」我用力抱緊她，但她卻推開我。

「倒是妳，發生什麼事情嗎？」

我一愣，搖頭。「沒什麼啦。」

「說謊，一定有事情，快給我說！」

方大美女發現我的不對勁是很感人，可是我還沒確定和謝子揚的事情，也沒勇氣再次傳訊息，畢竟被已讀不回是件很傷心的事情。

我努力閉緊嘴巴，不說出這一切，等到我真的確認再來分享也不遲。

下午的時候，我終於收到謝子揚的回覆，他寫了放學後在公園見。所以我興奮不已，期待著放學快點來到。

「妳急著要去哪呀？」方琦然問。「今天不陪我嗎？」

「我有一件很重要的事情，等到確認以後我明天、不，我晚上就都告訴妳。」我趕緊背起書包。

「欸，妳不要自己亂來喔。」

她居然還擔心我，我對她拋了飛吻，要她等我好消息。

一路往公園的方向跑，我的心跳飛快，但同時隱隱約約有著不安感覺。

我抬頭看了一眼天空，又是一片橘紅，這讓我的不安更加擴大。當我來到公園的時候，謝子揚已經站在那，但令人驚訝的是，陳語恩也在。

留著蘑菇頭，和我們一起去西門町表演吉他的女孩，我記得她。

「項微心？」

當時的陳語恩臉上有著自然的蘋果肌，看起來可愛無比，而穿著校服的她更顯纖瘦，就像紙片一樣，嬌小的身軀。

但她卻皺著眉頭，雙手環胸，腳站三七步，看起來十分生氣。

「怎、怎麼了嗎？」我下意識往謝子揚的身邊靠，但她卻衝過來用力推開我。太過突然，我沒有注意到，所以一個踉蹌，屁股跌坐在草地上，裙子往上掀，內褲都被看光。

我趕緊把裙子拉好，然後站起來問她：「妳幹麼這樣？」

「我對妳還太輕微了，搶人男友的賤貨！」陳語恩說完拉過謝子揚，而我滿臉疑惑。

「什麼意思？我搶誰男友了？」

「妳是怎樣？還不老實承認！」陳語恩瞪大眼睛，氣得臉都紅起來。「倒貼的女人，這還不承認？」

她從口袋拿出手機，那是謝子揚的手機，畫面停在我與他的聊天視窗，那句『我們交往吧』格外清晰。

「那是……」我才開口，一直都一臉無關緊要的謝子揚立刻擋在陳語恩面前。

「項微心呀，我的確說過妳很可愛，但也僅僅就那樣而已，我不知道為什麼妳會誤會我想和妳交往，明明就和妳說過我和語恩在一起呀。」

你現在說的這一些，我都是第一次聽到啊！

我瞪大眼睛，張嘴又要反駁，但謝子揚卻更大聲壓過我：「所以我拜託妳，就別再纏著我了，讓我很困擾！」

說完他馬上轉身，拉著陳語恩就要離開。陳語恩看起來不打我一巴掌很不甘心一樣，但在謝子揚強大的拉力之下，只能頻頻回頭叫罵。

「這次就算了，再讓我抓到一次妳對謝子揚獻殷勤，就休怪我不客氣，也不照照鏡子看看妳的模樣！」

我整個人傻在原地，現在是怎麼樣？

所以我變成一個勾引人家男朋友的婊子了嗎？

明明很生氣，可是眼淚卻不爭氣的流下來，連一句為自己平反的話都來不及講，我是有多蠢！

而且最該死的是，現在又是那該死的夕陽，這夕陽是跟我有仇是不是！為什麼我老是在夕陽下哭泣！

我氣得直接再次跌坐在草地之上，像個小孩一樣用手去拔旁邊的草。如果可以真想直接在草上打滾，因為我很生氣，卻無處發洩！

噁心的男人！有了女朋友卻還想招惹我！

更過分的是當東窗事發，卻把責任全部歸咎到我的身上，一切都是外面的人的錯，我都沒錯。

而更瞎的是，相信他所說的一切的女人！

為什麼這個世界總是這樣子？

為什麼那些曾經在電影或是小說中所看見的美好愛情都是假象，現實世界中，到底有沒有我值得相信的真愛？

「妳……還好嗎？」一個聲音從一旁傳來，坐在草地上發瘋的我抬頭，對上因夕陽的關係產生逆光、看不清楚對方的臉。

他朝我伸出手。「是受傷了，還是發生什麼事情了？」

我瞇起眼睛，伸手擦掉自己的眼淚，沒理會他朝我伸出的手。

他歪頭一下，然後從口袋拿出衛生紙，接著再次伸手。「妳的臉都髒掉了。」

「我自己有衛生紙。」我說，鼻涕還流出來，立刻用力吸回。

「那妳可以站起來嗎？」

「我還想坐一會兒。」我搖頭。「我遇到不開心的事情，別管我。」

「嗯……好吧。」男孩站直身體，我終於看清楚他的臉，是那個被劈腿的學長。

他還記得我嗎？

但此刻實在沒有想要確定的感覺，我只對他點點頭，然後就假裝看著天空。

「發洩完了就快點回家，女孩子不要一個人在這邊，很危險的。」他多嘮叨了幾句，我對他擺擺手。

「陶宥全，你在這幹麼？」另一個聲音從好遠的另一邊傳來，伴隨幾個男生嬉笑的聲音。

「欸，阿浪不是說要打球？」被劈腿的學長大聲回應，原來他叫做陶宥全。

「改打電動啦！啊你跟屁蟲女友勒？今天放過你啦？」對方那團依舊嬉笑著，那語氣聽不出他們到底知不知道陶宥全被劈腿。

「閉嘴啦！」而陶宥全苦笑。「等我一下。」

我依舊看著討人厭的橘色天空，而陶宥全忽然丟了一個東西到我的腳邊。我低頭一看，是一個鋁箔包的蘋果汁，邊邊都還有點被壓爛。

「這是什麼？」我狐疑抬頭看著他，一邊伸手從書包拿出衛生紙，擤了一個好大的鼻涕。

「蘋果汁呀，看不出來？」他自以為幽默的說。「哭完要補充水份，我手上只有這個。」

我知道這個蘋果汁，是學校合作社賣的，一罐要十五塊，很貴。

「謝謝你。」

「也謝謝妳。」他對我露出微笑，他記得我。

然後他對我揮手表示再見，轉身朝他的朋友跑去。

他的背影依然被夕陽的橘紅吞噬，但這一次，在口中那酸酸甜甜的味道，似乎也稀釋掉了所有悲傷與寂寞。

我坐在這邊，喝光了蘋果汁後，把鋁箔包壓扁丟到垃圾桶，順便也把謝子揚的LINE 封鎖刪除。

一切不必要的東西、不必要的情緒，通通都丟掉。

好，神清氣爽。

我們金牛座，就算活在自己的世界中，也會努力在受傷後站起來，努力向前走，儘管緩慢，但我們絕不認輸。

哼，男人，通通吃屎去吧！

我很快的振作起來，在晚上就打電話告訴方琦然這件事情。兩個人在電話裡頭把能罵的髒話全部罵過一遍，等冷靜下來後為了消業障又不著邊際說了些：「唉唷其實每個人都有自己的苦衷啦。」、「是呀至少不是以為交往了才發現其實是小三。」之類。

然後兩個人安靜幾秒，又開始大笑，繼續造口業。

神會原諒我們的，畢竟我們只是嘴巴賤，又不是殺人放火，更重要的是我們是罵給彼此聽而已，又不是背後搞小動作說壞話。

掛掉電話之前，我感性地對方琦然說：「妳很棒，我很棒，我們都很棒。」

「我很棒不需要妳說，妳很棒這個要慎重考慮。」即使此刻她也不忘調侃我。

「好啦，我知道，妳還是很愛我。」

「真是不要臉。」方琦然在電話那頭笑著。

掛掉電話之後，我看著天花板，嘴角泛起微笑。

升上高二之後，除了課業比較繁重以外，其他的事情大多都沒有變化。

首先我的早餐一樣只有五十塊，然後我一樣容易肚子餓，加上之前吃習慣了兩份早餐，導致無底洞更無底洞。所以現在我都會先在家裡偷吃冰箱的東西再出來上學。

——在自己的家裡，偷吃自己家冰箱的東西！

多可悲，講出去都會被人笑話。

然後買了早餐以後在教室吃完，十點又要跟方琦然借十五塊買蘋果麵包。根據方大美女上次的欠債報告，我已經欠她三百多塊！

這是要我怎麼還呀，每天五十塊就吃不夠了，要從哪邊生三百多塊？

我知道有種東西叫做壓歲錢，但是大家一定也知道有句話是「交給媽媽幫妳存起來等妳長大再給妳」，這根本就是永遠拿不回來，就和青春小鳥一樣一去不復返。

所以我也只能債築高台，畢竟肚子餓不得。

我商量要如何把錢慢慢還給方琦然，她則看了外面走廊一眼。

「妳有覺得最近誇張的追求者變多了嗎？」

我朝外看，有人拿花、有人拿手機拍照、有人手上提著高檔巧克力提袋，全部都站在走廊看著方琦然。

而我轉頭再次看向她。「好像真的變多了，可是妳外表又沒什麼變，啊！該不會是因為失戀了，女人味暴增，所以才變多追求者吧？」

「閉嘴啦。」方琦然翻白眼。
「不過真的，為什麼會忽然暴增？」我思索著。
午休時間，每間教室都有一台學校公用的電視，有時候早自習會播放空中英語教室，有時候則會播新聞或是一些國際賽事，偶而還會停在CNN或是NHK之類的。
而此刻，午休時間，以往我和方琦然都會到教室外面吃，或是到學生餐廳，但今天難得我們留在教室，才發現中午電視居然在播放去年校慶的表演。
看見自己在電視上面唱歌超怪，但怎樣都比不上重複播放的方琦然熱舞片段。難怪，難怪愛慕者會忽然暴增，在電視上跳舞的方琦然簡直就是舞后啊！
方琦然看得臉都紅起來，班上的男生發出鼓譟的聲音，而我也加入調侃她的行列，不斷說著「唉唷不錯喔！」、「美女喔美女，好性感。」等性騷擾的話，下場當然換來方琦然的毒打。
「欸，幹麼這樣，不錯呀，有這麼多人追妳，可以從中考慮一個看看吧？」我建議，但方琦然卻搖頭。
「我才不想這樣子。」
「什麼？妳還忘不了管皓威嗎？他都交女朋友了呢！」
「不是忘不了，我只是說，不想要好像是要為了忘記一個人，而去找一個交往對象。」

喔，我懂，不能「因為」什麼而去談戀愛。

戀愛應該是要自然而然發生的。

「那，那些追求者要怎麼辦呢？」那數量可不是以前可以比擬呀。

不過話說回來，男生還真的都是視覺系動物，看到這樣的衝擊畫面就都跑來追方琦然，連她什麼樣的個性都不了解就喜歡，這真的滿奇怪的。

「我去告訴他們不收，也只能這樣。」方琦然搖頭，以往也都是這樣做。

「加油，萬人迷真是辛苦。」我精神給她鼓勵。

不過這一次卻不太容易，追求者的數量一直沒有減少。我覺得這變成全民運動一樣，該不會在臉書上還有開活動吧，怎麼每個人都要追方琦然。

我和方琦然到教務處建議停止播放表演影片，但是教務處說校慶又要到了，這是提振士氣，並問我們為何要停。我老實說了因為太多人追很困擾，裡頭的老師居然沒禮貌地上下打量我露出狐疑表情，我補充是一旁的方琦然，老師才了然於胸。

我覺得可以抗議，我要去輔導室抗議這傷害了我的心靈。

「今年我絕對不要再上台表演了。」方琦然不悅說著。

「妳覺得有可能嗎？去年效果這麼好，今年一定會再要妳上去的啊。」況且她那麼喜歡跳舞，一定還是會答應。

不過我忽然想到，去年有管皓威在台下看，今年卻沒有了。

一年說起來很短，但是卻會發生很多事情。

「那妳呢?吉他社怎麼辦?」

不說我都忘記自己有加入吉他社了，去年也是因為上台的關係和謝子揚牽扯上，今年不會又要什麼爛桃花吧。

「今年一定要嚴正拒絕。」我手在胸前比叉叉。

「哼，少來，再給妳幾包早餐，妳就……」方琦然的手指在我眼前晃。

「有早餐吃很重要。」我說。

我們回到教室，走廊又站了幾個追求者。方琦然打算無視直接走進去，但我正要進教室的時候卻被其中一個追求者拉住，我嚇了一大跳。

「請妳幫我把這個交給方琦然!」那男的說完不管我的回應，就直接跑走。其他人見狀也如法炮製，瞬間我的手上多了一堆禮物，但全不是我的。

我覺得自己應該要去訓練一下反應能力之類的，不然老是在短時間內所發生的事情都無法拒絕，這實在不太行。

結果就提著一堆禮物進到教室，方琦然一臉看笨蛋的表情，我沒辦法呀!

「欸，我都拿進來了，就收下吧。」我把東西全部放到她的桌上，有布偶、杯子、花，跟其他我不知道是什麼的東西。

「不要，這些東西對我又沒有用。」方琦然看都不看。

「那妳就拿去捐給小朋友，做善事囉。」學校附近的確有間育幼院。

方琦然看起來很不高興，不過先是一愣，接著表情轉為靈光一現的模樣，微張小嘴後看著我：「我想到妳還錢的方法了。」

「該不會是要賣身？」我趕緊遮住自己的胸前。

「差不多。」她站起來靠向我。「以後妳就幫我拒絕這些禮物，如果妳不懂拒絕收下了，就要想辦法處理這些禮物。」

「這聽起來好像很容易，可是妳的追求者何其多！」

「隨便妳要用怎樣的方式，反正幫我擋掉全部的追求者就可以了。」

「妳確定？也許這些追求者之中，會有屬於妳的真命天子。」

我的話引來方琦然的白眼。「小姐，妳真的相信『真命天子』這四個字嗎？」

嗯，不信。

她看出我的表情意思，即便我從來沒有告訴過她關於我父母的事情，她也明白我對愛情沒有太多想像。

「如果是真的該在一起的人，一定會有辦法在一起，不會有什麼時間不對了、被人擋掉了、身邊已經有別人了就不能在一起。」方琦然沉默一下。「所以我和管皓威，也不是真正該在一起的人吧。」

幹麼又忽然講出好悲傷的話啦，不過我看著她，真誠說道：「或許也有可能，現在還不到你們在一起的時間呀。」

她大美女聳聳肩，不表示意見，也看不出在想些什麼。

算了，提這些過去的事情做什麼，重點是現在！

「所以剛才說的，只要幫妳推掉禮物就行了嗎？」

方琦然點頭。

「隨便我？」

「嗯，妳說的話就代表我的話。」

「即便是一些很難聽的？例如『憑你們這些長相也敢追我』？」

她挑了眉毛。「要是妳敢講這樣的話，那就講吧，就當作是我說的也沒關係。」

「好，我還真不敢講。」

「是不是？」

ＯＫ，總之我接下這份工作了，一天幫她推掉一個人就是一塊。我不免感慨一下，一個男生追求方琦然那顆炙熱的心居然才只值一塊，也太慘了吧。

好，反正就是，一天幫她拒絕一個人是一塊、一份禮物也是一塊，也就是說，如果有個帶著禮物堵在門口的男生出現，那趕走他又推掉禮物，就可以獲得兩塊錢。

不要想說這樣一塊兩塊的很難賺，雖然我數學不好，也知道憑方琦然的程度是可以讓我獲得不小薪水，先別說有沒有好幾百個人追她，有些人可是鍥而不捨，每天站崗的呢。

可別小看金牛座對於金錢的執著啊！我會努力工作，好好還債的！

第六章

「很抱歉，我家方大美女不吃巧克力的。」可是我吃，所以我收下。

「很抱歉，我家方大美女說你字太醜，不想看你的情書。」而且琦還寫錯字，有沒有心要追人呀。

「很抱歉，我家方大美女今天請假沒來，所以請大家不要再來了。」

「很抱歉，我家方大美女說不收貴重禮物，你拿回家送媽媽吧。」不知道有沒有看錯，是名牌香水，要多有錢才可以在十七歲買一罐名牌香水呀？

每天下課除了上廁所、買蘋果麵包之外，最多的時候就是幫方琦然推掉一切追求者。

我就像是她的小心子一樣，方大美女往前走，我在一旁幫她推開兩旁追求者。根本就是摩西手中的那根木頭，走廊就像紅海一樣往兩邊分開，腦中一邊快速計算有多少人，也要快速計算他們手中有沒有拿禮物。

要不了多久的時間，我已經變成學校最惡名昭彰的人，也就是阻擾人家戀情的壞女孩。大家都說方琦然身邊有個長相邪惡、活像是侏儒的女人，全部的東西都會被她「暗槓」或是推掉。

長相邪惡就算了，侏儒兩個字是怎樣啦！我只是矮，沒有到侏儒的程度好嗎？

這些沒品的男生居然連這種話都說得出來，對我一個這樣纖纖弱女子耶！

知道這個消息的方琦然倒是笑得很開心，還一邊說：「怎樣，我不是嘴巴最賤的吧？」

「這不是賤，這是人身攻擊，我要告他們！」我氣得喊。

「到時候法官如果說『他們說得沒錯呀』，那妳就變成法院認證的侏儒了耶！」方琦然誇張地學法官用法槌敲擊桌面的模樣。

「吼，妳很過分。」我氣得伸手要去捏她的臉，被她華麗的一個轉身閃掉。

「不玩了，我要去打掃外掃區了。」

今年我被分配到打掃教室窗戶，所以揮手和方琦然說再見。

一邊擦著窗戶，一邊計算著自己再過多久可以還清債務。不過一會兒，花朵姊妹遠遠走來。

「項微心，張元碩說今天放學後要集合耶。」百合說。

「妳有沒有不好的預感？我有。」百花雙手搓著手臂。

「天喔，我不要再上台表演了啦。」我用力擦著窗戶。

「他高三了，要隱退了吧，倒是妳忘記他去年說的話嗎？」百合搖頭。

見我沒有反應，百花提醒：「他說要選妳當社長啊。」
「喔，天啊！不要勒，我才不要！」我大喊。
「妳當社長就乾脆宣布吉他社廢社好了。」百合出餿主意。
「或是跟烏克麗麗社合併，我聽說接任的社長是高二最帥的那個耶。」百花倒是出了個好主意。
不過我臉一垮。「但是如果推甄上面有個『在擔任社長當年，社團廢社』不是很不好嗎？好像很沒有能力一樣。」
「我又不介意。」
「是啊，反正不是我。」
花朵姊妹好沒道義啊。
「好吧，反正我會極力拒絕擔任社長一職，放學後見了。」我說。
「放學見啦。」花朵姊妹飄然離去，徒留一地清香。
我祈禱放學後的集合不要真的是叫我當社長。等鐘聲響起後我把報紙丟到回收桶裡，順便到走廊把手洗乾淨，而後方琦然一臉怪異加不爽的模樣回來，手中的大夾子很用力地丟回掃除櫃，然後朝我走來。
「妳是個不盡責的人！」她沒頭沒腦地對我喊。

「怎麼了啦？」

「我剛剛在外掃區，有兩個人跑來找我。」

「手裡有拿禮物嗎？」

「兩個都有。」

可惡，少賺四塊。

「那他們拿什麼給妳？」

「一個拿布娃娃，就是夾娃娃機那種，不是所有女生都喜歡這好嗎？」她翻了白眼，我就不用強調她連翻白眼都很美了吧。「另外一個拿蘋果汁。」意外的是方琦然從口袋拿出那罐蘋果汁。

「妳有收？」

「我想說妳會喝。」方琦然塞給我。

「我是會喝啦。」我接過蘋果汁，想起之前在公園裡的那個陶學長，他也是給我蘋果汁。

「怎麼了？想啥？」方琦然真是可怕，一點點蛛絲馬跡都瞞不過她。

所以我告訴她這個關於蘋果汁的事情，方琦然訝異的是我居然當時只告訴她謝子揚多過分，沒告訴她這一段小小插曲。

「這個不是很重要啊，哪有比被騙還重要。」

「就說妳真的太天真，不要活在自己的世界，我早就說過怪怪的！」方琦然用食指點我的額頭。

「我以後知道了啦！」我閃過她的攻擊。

我把吸管戳進飲料中，果然還是跟之前一樣酸酸甜甜的。

那個陶學長之後不知道怎樣了，希望他已經脫離了劈腿女。

於是放學的時候，我一邊吸著蘋果汁一邊來到吉他社，花朵姊妹和小獻阿奎都已經在裡面吃東西，永遠都只有這些人呀。

張元碩本人還沒來，我把書包放在一邊，看著兩個男生問：「學長們今年也要認真準備考試了吧，是不是就會退社了？」

一般來說，到了高三就會退掉社團，讓大家專心面對考試跟學習，不過現在也不硬性規定了，依照個人意識。也就是說，只要張元碩願意，還是可以繼續擔任社長，反正他也沒在做事呀！

「我們會繼續參加喔，成績怎樣念都那樣啦。」

「反正本來就像幽靈社員啊，有個地方彈彈吉他也不錯。」

他們兩個不正經說著，我想起去年他們那些話，覺得這兩個學長還挺雲淡風輕，不過現實中是不是真的如此，就不知道了。

「你們都到了啊。」張元碩打開社辦的門。「今天有幾件事情想討論。」

我和花朵姊妹對看一眼，深吸一口氣決定好拒絕。

「我們社員很多你們都知道，幽靈社員更多你們也知道。」結果是出乎意料的開場白，他從書包拿出一疊資料。「我知道今天大家不會想再上台表演，也知道項微心沒打算接任社長一職。所以在結束前，我想要吉他社的成員能好好的相聚一次。」

聽起來這麼寂寞又可憐的話，真是讓我們幾個人良心隱隱作痛，所以乖乖接下他給的資料。

「社長，你是打算……」百合小心問。

「在我任內把吉他社收掉吧，結束前和大家見面吃個飯聊天就行了。」

「這不太行吧，又都不認識，是要聊天什麼，不會尷尬嗎？」小獻看著名單怪叫。

「而且一定都不會來啦。」阿奎倒是看也不看。

「不試試看怎麼知道，就當作是幫我做的最後一件事情。」張元碩說得好可憐。

「我才不幹。」阿奎把資料丟回去。

「是啊，不過如果這地方被學校收回去，那還挺麻煩的。」小獻看了下上面的資料。「居然有我們班的，我從來不知道。」

我快速瀏覽一下，沒有我們班的。天，原來我們班只有我一個人加入吉他社啊！

「好啦，我班上的我可以幫你問問看，但就問問看而已。」小獻把名單收回書包。

「如果能保證這地方不廢社，我也願意問問看我班上的。」阿奎終於瞄一了資料。

「想不廢社也要有人承接才行啊……」張元說邊說邊看我。

感覺事情要朝預想的地方發展了，不，我絕對不要。

「我我我不要喔！」我我我終於說出口。

「那也沒辦法。」張元碩搖頭嘆氣。「反正至少可以撐到我畢業，之後高三了妳們也不需要社團，所以就這樣吧。」

聽起來好哀傷，可是我真的不想接，更何況高三的確可能忙不過來，所以也沒關係。

不過話說回來，死纏爛打型的張元碩今天居然這麼乾脆，讓我有點不適應。

等到大家說好會幫忙尋找幽靈社員後，這聚會就結束了。不過在我離開前卻被張元碩叫住。

「項微心，聽說妳之前……」他停頓好久，我歪頭等待。「就是和謝子揚……」

喔，那個。

「社長聽到什麼了嗎？」

「就一些，很難聽的。」他搔著頭。「不過項微心，我和謝子揚是國中同學，所以很明白他的為人。我只是沒有想到妳真的會對他有興趣，所以一開始沒有提醒妳。」

我垂下頭，覺得有些無地自容。

張元碩見狀，拍拍我的肩膀。「反正不會再和他們有交集了，也不用管那些莫須有的罪名。」

所以他今天才會如此乾脆，一想到張元碩這份體貼，我覺得心情好多了。

「謝謝社長。」

「沒什麼好謝的，我還要道歉勒。」他比了比我手中的社員資料。「就麻煩妳了。」

「沒有問題。」

離開社辦之後，我吐了一口氣，要是在衝動回覆謝子揚之前，有先問過張元碩就好了。

不過算了，不經一事不長一智，就這樣吧。

回到家後，我看見桌上煮了一桌菜，但是媽媽卻不在客廳。我來到他們房間門口，正準備舉手敲房門，卻聽見隱隱啜泣。

唉，給媽媽自己一點空間吧。

我走回房間，把書包放下，拿出張元碩給我的那疊資料，塗掉小獻、阿奎班級的人，也塗掉和花朵姊妹分配好的人，剩下大約有二十個人左右。

哇這麼多的幽靈人口，他們平常社團時間都跑去哪邊啦？

「微心，妳回來啦？快出來吃飯吧。」整理好情緒的媽媽敲我的房門。

「好喔。」我開朗地回應，就別不識相的問爸爸有沒有要回來了。

電視播放著綜藝節目，我和媽媽一邊吃一邊看，笑得合不攏嘴。桌上有著爸爸最愛的紅燒魚，以及我愛吃的空心菜，還有媽媽喜歡的蔬菜湯。

雖然家不像家，但還是一個家，也許對媽媽來說，這樣就好了。

應該吧。

隔天早上，我依舊吃著完全不會飽的早餐，一面在教室看著今天要從哪一班級的吉他社員找起，順便練習要怎麼說話，以免被當成搭訕的怪人。

早自習快結束的時候，方琦然和其他外掃區的人員回來，其他人都在竊笑著，只有方琦然氣鼓鼓的。

不過她老是在生氣，所以我也不是挺意外，繼續低頭看著自己的資料，但卻忽然聞到好香的味道。

我抬頭，看見方琦然站在我前面，手中提著兩包東西。

「這啥，妳溜出去買東西喔？」打掃區域位在校門口，校門對面有兩家早餐店，我看袋子上面的標誌正巧就是那兩家早餐店。

我從來沒吃過對面的早餐，一來我肚子太餓無法撐到學校，二來因為很多學生都在那邊買，又要花時間等我不想。

「不是，這是剛才有人拿給我的。」方琦然依然氣呼呼，其他外掃區回來的同學則竊笑。

「項微心，想看我們表演情況嗎？」一個男生笑著問。

「鉅細靡遺喔。」另一個女生說。

看好戲當然不能錯過，所以我用力點頭。方琦然把早餐丟在我桌上，雙手環胸，沒有要制止。

見狀，全班當然都湊熱鬧啦。

畢竟追方琦然的人很多，但是送早餐還是第一次遇見，而且一次還兩個，我又少收四塊。

「該不會就是昨天那兩個吧？」我問方琦然，她大美女用力點頭。

「來來來，注意看囉！」前方的同學拿著寶特瓶敲擊桌面，如同戲劇開場前的鑼鼓。

兩個男同學分別飾演A男和B男，從教室兩邊走過來，互看一眼之後，同時看向在講台上扮演方琦然的女同學，接著A男轉身，朝對面的A早餐店跑，大喊著：「老闆娘我要豬排蛋餅和蘋果汁！」

B男也不甘示弱，對B早餐店喊：「阿姨，我要雞排堡和奶茶！」

接著兩個人隔空眼神較勁，阿姨們也感受到那緊張氣氛，紛紛快速弄好兩個人的早餐。而為了搶先抵達方琦然的位置，AB男有默契地對著早餐店說：「不用找了！」，便極速過馬路，同時抵達方琦然面前。

「請收下我的早餐！」

「吃我的！」

AB男喊道。

台上的女同學嬌笑一聲，把頭髮勾向耳後，小扭一下說：「好吧，那我就都收下了。」

「喂！不要亂演！我沒有這樣！」方琦然出聲制止。

「因為沒有人這樣對我過，讓我過過乾癮。」女同學吐舌，換上一副冰山臉並雙手環胸冷言道：「拿走，我不收。」

A男馬上：「不吃就算了，但我已經買了，給妳。」並強硬塞到她的手上。

B男見狀也說：「妳收了他的不收我的，說不過去吧？」也如法炮製塞到方琦然手中。

兩男見任務完成，就直接朝學校裡面走，看起來很酷很帥；可是已經遲到的他們在校門口被教官逮住，送往學務處。

於是後續大家都看見了，方琦然提著兩個早餐回來。

「感想？」她挑眉問我。

「學校的話劇社有救了。」我由衷說著，畢竟台上表演的兩男一女都是話劇社。

「不敢當，記得校慶表演過來看。」他們馬上開始宣傳。

喔校慶表演，我還要找齊幽靈社員呢。

「所以說，這早餐怎麼辦？」方琦然一臉嫌棄。「誰早餐要吃這麼油？是想胖死我嗎？」

我立刻抬頭，露出勉為其難的模樣：「既然妳這麼困擾，不如我來幫妳吃吧？」

她瞇起眼睛。「這才是妳的目的吧？裝蒜很久了齁？」

我嘿嘿笑了兩聲，反正方琦然又不吃，丟掉也是浪費，況且我很想吃吃看對面的早餐呢！

「妳兩個都要吃？」

她在看到我接過兩個早餐袋子的時候，也不由得皺了眉頭。「我知道妳很愛吃，也知道妳是無底洞，可是項微心，這是兩份早餐欸？妳已經吃了自己的一份，再來兩份就是三份了！」

「我知道，雖然我數學不好，但一加二等於三我還是知道，反正我吃得下啊。」

「不准，妳知道胃就是這樣越撐越大嗎？」方琦然居然如此狠心。「我知道阿寶今天遲到還沒吃早餐，我把這份給他。」

阿寶是我們班上另一個男生，不是重要角色，不用記住他名字也沒關係。

「蛤，妳真的要把一個分給他喔？」我抗議。

「不要裝可憐，妳選一個吧。」

好吧，還有良心讓我選，就不計較了。

看了一下，雞排堡很貴所以我幾乎沒有買過，有這機會當然要選雞排堡。不過，另一邊的豬排蛋餅也很吸引人，重點是看到蘋果汁，忽然讓我想到陶學長。

「我可以拿蘋果汁和雞排堡嗎？」

「想得美，有得吃就不錯了，還挑！」方琦然是施捨的人，只能聽她的。

「好吧，那我拿蘋果汁。」

「我以為妳會選雞排堡。」方琦然有些訝異，就連我自己也是。

只是想起那個學長，就想起那蘋果汁的味道。

我只是很想喝喝看。

於是多了這一份早餐，讓我整個上午肚子飽飽精神好好，到了下午才想到重要的事情沒做。

原本想拉著方琦然陪我去找幽靈社員，畢竟有她這美女在等於天將神力，男生光看她的臉大概連保證人都簽下去了。

但是方大美女說不想讓她的美色被我利用在這種小玩意兒上，所以很沒良心的待在教室看書。

也不想想我早上幫她解決了一份早餐！

於是我只好拿著名單，挨家挨戶的找尋。不過在下課時間會待在教室的人少之又少，下午扣掉打掃時間，下課也有二十分鐘，我只找到了三個人。

但是意願當然都是NO。其中一個甚至忘記自己參加吉他社，以為他自己是校刊社，還拿出校刊翻說工作人員上面印有他的名字。

我的媽啊這會不會太扯，能幽靈到忘了自己是哪個社團也是滿厲害。

於是我繞到花朵姊妹的班級，問她們兩個人找得如何，她們卻傳回驚人消息！

「找到一半了。」

「為什麼？怎麼可以這麼快？」我大喊。

「把這個訊息發到FB上面，請大家幫忙問一下就行啦。」百合說得好簡單，這就是有魅力的女人的威力嗎？

「而且大家還自告奮勇可以請朋友幫忙問。」百花滑開她的臉書介面給我看。

但是我FB根本沒在經營，都長草了，之前還被國中同學當成幽靈朋友刪除，也太慘了吧我。

「既然妳們找得這麼快，那何不……」我眨著眼睛，從下往上看著她們兩個。

「別想，金牛座的不就是腳踏實地嗎？」百合勾起迷人微笑。

「沒錯，所以請靠自己的實力。」百花甩甩頭髮，彷彿告訴我女人長得美也是實力之一。

可惡，果然很厲害。

於是感覺像是被羞辱了一樣，我趕緊跑回教室，要我的大絕招方琦然幫幫忙。但如果她會幫忙就不是方琦然了，用比百合更迷人、比百花更嬌媚的模樣對我說：「自己的事情自己做。」還一邊拍著我的臉頰。

好，我身邊的人都非常有個性，沒關係，我知道這是老天爺給我的測試，讓我成為一個有用的大人，很好我接受。

反正學校不就這點大，還怕找不到這幾個呀。

隔天早上，我一大早就到了學校，火速吃完我的早餐，做好準備早自習一下課就要出發找人。

在早自習快結束時，方琦然又悻悻然地提了兩袋早餐回來。我眼睛整個亮起來，馬上湊過去。

「所以這個早餐又是A和B的愛心囉？」我的話惹怒她，掐著我的臉揉著。話劇社的三人又在台上上演剛才一段的戲碼，依舊是兩個男人硬把早餐塞給她後就跑。

「好吧，那我可以幫妳吃一份。」勉為其難。

方琦然這次也不說話了，直接兩袋都丟給我。

一天有三份早餐，真是三生有幸。

吃飽喝足之後，就是工作了。有道是事情從困難的開始，會比較容易成功，所以我先從三年級找起。

但三年級大多數的學長姊都不在教室，不然就是散發著一股『我們在念書不要煩』的氣氛，我在門口躊躇，好不容易逮到一個裝水回來的學姊，趕緊問她：「請問葉可亞在嗎？」

「可亞？她不在。」說完就直接進去，也沒問我要找她幹麼。我以後高三一定不要變成這樣冷淡的學姊。

後來我又轉了其他幾個地方，但三年級的人真是神龍見首不見尾，十分難找。瞎忙一天，連打掃都沒認真，還是沒找到什麼人。

就在我回到教室之後，打掃時間已經結束，方琦然大美女一臉神清氣爽，不過太過爽朗的模樣我也不趕接近她，只好拉了話劇社的女孩問外掃區是不是有發生什麼事情。

「剛才可有趣了，在外掃區遇到了A男，方琦然很認真和對方說不要送早餐給她，她不會吃的，但是A男當耳邊風一樣，就說還是會繼續送。」女孩安靜一下。「A男是不是很有錢？還是我去誘惑他？」

我搖頭。「妳跟方琦然比，蝦子都選方琦然。我不是說看不見的瞎子，我是說吃的那個蝦子。」

想當然耳我的話換來毒打。

「之後又在樓梯遇見B男，方琦然也說了一樣的話，可是B男只說了如果A繼續送他也要繼續送。」插話進來討論的是話劇社另一個男孩，他也沉默一下後說。「還是其實B喜歡的人是A？」
「你是腐男喔？」經過聽到我們討論的話劇社另一個男生也加入話題。
「對啊，我喜歡你喔！」然後兩個男的不知道在演哪一齣。
「可是這樣方琦然在神清氣爽什麼？」我回頭問最一開始的女孩。
「她覺得自己已經講清楚了，兩個男的只是因為面子問題，明天就不會送了。」
「也是，男人都好面子，被這樣說了以後應該就不會送了吧。」我聳聳肩膀表示無聲的同意。

可是我的肚子就發出有聲的抗議了，那些多出來的，不屬於我的早餐啊，一去不復返。

回家的路上，我一面計算著還欠方琦然多少錢，意外發現還債速度快速之餘，不免對於她的魅力感到不可思議。

明明她大美女的嘴巴就很賤，個性也稱不上很好，重點是沒什麼和人深交的機會，為何會這麼多人追求她呢？

難道真的就只是因為她長得很漂亮？

忽然能體會方琦然為什麼會說不想在這一些人當中找男友了，畢竟外表就算是人的優點之一，但光因外表而靠近的人，聽起來還是有點說不出的疙瘩吧。

此刻我忽然發現前方有個眼熟的人，但又覺得不太確定。對方坐在機車上，手裡拿著安全帽像是在等人，頭髮是漂白過的金色，皮膚黝黑。

我走過去多看幾眼想確認，可是我又不認識看起來像不良少年的……不良少年不就只有那一個嗎？

「管皓威？」我不確定地喊出聲，而他抬頭，果然是他。

「好久不見。」他還認得我。

「你在等人嗎？」我問。

他點點頭，好像沒有想多聊，所以我也只能回聲：「那我先走了。」

「那個……」他喊住我，但卻低著頭看著他的腳尖。

「方琦然過得很好，一樣很漂亮、很多人追，功課也不錯。」我說。「不過還是沒有男友。」

他抬起頭，一臉苦澀，我最後那句話聽在他耳中是好是壞？

「管皓威，在意太多的感情，就不是純粹的感情了，你不覺得嗎？」我說完後轉身就走。

身為朋友，我覺得這程度剛剛好，不管太多，卻也不說太絕。

如果可以，我還是希望相愛的人都可以排除萬難在一起，希望不用在意社會道德眼光，彼此依靠、互信、互愛，真希望有一個這樣的世界。

但我勾起淡淡的微笑，愛是個會消散又不可靠的東西。

我的父母，不就證明了這一點？

第七章

從方琦然的大便臉我就知道，她昨天說的話沒有用。

我當然是很開心啦，所以搓著手諂媚地來到她身邊，詢問手上那兩袋早餐的去處決定了沒？

方琦然丟給我，一臉『吃死妳這個胖子』的表情，氣沖沖回到她自己座位上。

我立刻打開兩個早餐，一個奶茶和原味蛋餅，嘿，我不喜歡原味蛋餅。

另一個是蘋果汁和培根蛋，大勝，我要先吃這個。

一邊嚼著香甜可口的早餐外，一邊觀察方琦然的神情。我考慮要不要告訴她昨天管皓威的事情，但想想算了，覺得說出來也不會有任何幫助，說不定還會讓她陷入以前那種傷心的情緒。

然後因為不喜歡原味蛋餅，所以我把它給了阿寶。

下課後我依然去尋找那些幽靈社員，這些日子以來就在吃方琦然的愛慕者早餐，以及尋找幽靈社員中度過。

不知不覺都考完第一次期中考，幽靈社員也幾乎都找到，但是大多數的人都不願意出席，這是意料之內。

們。

花朵姊妹表示她們找到的男生們都願意過來，我覺得是人的關係，現實的男人們。

某天早上，方琦然手裡提著早餐，但表情卻很開心。我問她怎麼了，難道發票中獎，她瞪我一眼說。「好消息，以後只剩下一份早餐。」

「這對我來說不像是好消息啊。」我摸了一下自己的肚子，我的身體已經習慣三份早餐了。喔不過，我體重都沒有增加欸，這會不會是生病了？

「對~無底洞的病，妳去照胃鏡說不定連胃鏡都被妳吃掉，妳還要賠償醫院設備的錢。」方琦然翻白眼。

「好過分，我也是會挑食物的好嗎？」我怪叫。

聽她的敘述，似乎是B男放棄了，因為每天送早餐都不見方琦然的回應。每次給她，方琦然還一臉不情願，男人的自尊無法被如此踐踏，且聽說還被同學嘲笑，所以B男罵了方琦然幾句就離開。

「好沒水準喔，是他自己一直要送的。」難怪他的早餐越送越敷衍。

「無所謂。」方琦然樂得開心。「這個就給妳吧，我猜過沒多久也會放棄了。」

我打開，依舊是蘋果汁和卡啦雞腿堡，真是有誠意又有金錢的早餐呀！

「欸，跟A男交往啦，妳看他不只有心，還很有錢的樣子耶。」我用手肘頂著她。

「妳以為我是妳，吃幾個月的早餐就會被拐走？」方琦然捏了我的臉。

「別說得我好像很貪吃一樣，嗯，是真的挺愛吃，可是我的感情可沒那麼廉價喔！」

「那妳叫我接受的意思是，我的感情很廉價囉？」方琦然今天也太敏感了吧，一直挑我語病。

「不過這AB男到底是誰啊？」吃了這麼久的早餐，我都不知道他們背景。

「兩個都是學長，有時候在學校會看見，下次指給妳看。」

「好哇。」我咬下卡啦雞腿堡，多汁美味，好好吃。

放學時間，又是吉他打屁社的集合時間，意外發現只剩下我一個人還沒找到分配好的名單。

「妳剩幾個人？」張元碩一面統計人數一面打哈欠，看樣子連他都應付不了轟炸模擬考了。

「我看一下，剩大概三個吧。」我把名單給他。

小獻湊過來。「這一個已經轉學了啊，都沒人跟妳說他轉學了嗎？」

「沒有，你們三年級很冷淡。」我翻白眼，把小獻指的人劃掉。

「這一個我問過了，他不要。」阿奎也看了下我的名單，然後指著最後一個說。

「這個女的，哈哈，最近很精采喔。」

我看了一下。「葉可亞?她老是不在班上耶!我請學姊留言她也從沒回覆過。」

「她最近情殤阿，誰管妳吉他社啊，她不會來啦！」阿奎說著就拿過我手上的筆，把葉可亞名字也劃掉。

好吧，這樣我就都找完人了。

「那我們就訂一個時間，找間大大的餐廳，大家一起吃飯吧。」張元碩的話好像是把找餐廳事宜丟出來喔，這個球沒人要接。

「我知道啦，我會自己找，再把地點時間LINE你們，記得轉告大家。」張元碩抓抓頭髮，又打了哈欠。

「好吧，那我們要來彈一下吉他，你們快走吧。」小獻和阿奎拿出吉他，花朵姊妹搖頭，直接起身就走。

張元碩再次打哈欠。「我今天難得沒有補習，我要回家睡覺。」

他們三個都走了以後，我還是坐在社辦裡面，兩個學長一臉狐疑看著我。「項微心，還不走啊?」

「我想留著聽你們彈吉他。」

「不要勒，好怪。」結果兩個學長居然一臉尷尬。

「為什麼，我從來沒好好聽過你們彈呢。以後就要畢業就不會再見面了，難得機會，讓我聽聽看呀！」

他們對看一眼，嘆氣後說：「我們原本想要組團。」

「很適合你們啊！」我一點也不意外這樣的答案。

「但是夢想能當飯吃嗎？」小獻的語氣聽起來很無奈。「我父母總是這麼說。」

「但是沒有開始，就不會知道呀。」

「是呀，可是在高三這個人生分歧口之一，該怎麼選擇才是對的？人生是自己的沒錯，可是我們真的不會後悔嗎，不論哪一條路。」阿奎彈了幾個音。「就連拿著吉他，有時候都覺得痛苦。」

「算了吧，還能彈就彈吧。」小獻笑了一聲。「好吧，項微心，妳就當做是我們第一個觀眾。阿奎，彈那一首歌吧。」

「哇靠，你不覺得不好意思嗎？」阿奎皺眉，但是也沒有想拒絕。

於是他們輕輕彈起優美的旋律，聽起來很哀傷，雖然沒有歌詞，兩個人只是輕輕哼著音調，表情都相當陶醉。

結束後我用力鼓掌，從來不知道他們可以彈得這麼好、這麼美。

「好厲害呀，學長，你們為什麼都不上台表演呀！」我驚呼著。
「不要了吧，很丟臉的。」小獻把吉他放下來，搖頭拒絕。
「可是如果真的想要組團，總有一天還是要彈給大家聽的啊。這次校慶是最後一次機會，真的不想試試看？」我用力說著。「再來不管吉他社在或不在，都已經和你們無關了。難道、難道以後你們都不會後悔沒有在自己的高中表演過一次嗎？」
雖然是被趕鴨子上架，但連我都自彈自唱過一次了，沒道理真正想彈的人卻從沒上台過。
他們兩個面面相覷，然後還是搖頭。
「校慶三年級沒權利參加。」阿奎嘆氣。「我們班班導說那天要模擬考，玩樂不是屬於三年級的事情。」
「我覺得這要嚴正抗議，就像特休沒有七天、資遣沒有資遣費一樣，都要跟勞保局申訴。」
「項微心，妳在講啥。」小獻笑了起來。「難道我們還要跟教育局抗議嗎？」
「或者是，反正學長你們平常也沒多聽話吧，校慶那天蹺掉模擬考出來表演，無傷大雅吧。」我說得輕鬆，他們兩個卻瞪大眼睛。
「聽起來挺熱血的，不是嗎？」小獻笑著。

「還不錯。」阿奎也說。

我知道他們認真在考慮我的提議了，所以我站起來拍拍裙子。「我說真的喔，學長，你們真的彈得很好，如果有歌詞更棒，我會去和張元碩說我們要上台表演。」

「到時候我們不上台，妳要上去？」他們打趣問我。

「那就沒辦法，我也只會彈《情歌》。」我聳聳肩膀。

「那就夠了，人呀，只要做好一件事情就行了。」他們兩個刷著吉他，而我笑了一聲，離開社團教室。

做好一件事情就可以了是嗎？

那我至今為止，有做好過哪一件事情了？

或許就是這一件了吧，於是我趕緊告訴張元碩我們要參加校慶表演。張元碩當然又驚又喜，以為是我要上台，但我說了要讓小獻和阿奎表演。

「那項微心，妳要做好被他們放鳥的準備喔。」張元碩只回覆這一句。

大不了我多練習《情歌》就好啦，不過以防萬一，還是請花朵姊妹幫忙一下。

雖然花朵姊妹比較自我，不過身為金牛座夥伴，她們還是會義不容辭地幫忙。好啦，這件事情就算暫時解決了，內心終於鬆了一大口氣。

至於期中考成績呀，反正我考卷藏好好的，媽媽不會看見。

「項微心，就是那個。」一日體育課時，我坐在樹蔭下偷懶，洗完手的方琦然也坐到我身邊，指著球場上別班的學生說。

「啥？」

「那就是B學長。」

「哪一個？」我東張西望，方琦然說了是正在撿球那個。

「欸，那個真的不行，聽起來我還以為很帥耶。」我立刻搖頭，B學長有點微胖，滿頭大汗臉上又滿是痘疤，重點是運動服泛黃看起來很髒。

「其實是個好人，只是每次跟他講話就覺得很熱。」方琦然聳聳肩。

「那A學長呢？」

「沒看到，下次再跟妳說。」

「他到現在還在送早餐耶，不是我在講，他的早餐好有誠意，而且我有發現早餐都有換店，不是一直同一家呢！」我每天都可以多吃到很多不同類型的早餐，好幸福喔！

「但是百年都是蘋果汁，妳不膩？」

「反正我自己是喝奶茶啊！」我雙手托腮，但B學長忽然印入我眼簾，我趕緊搖頭問。「A學長外型怎樣，跟我敘述一下。」
「嗯，高高瘦瘦的，眼睛很漂亮，有瀏海，黑髮，笑起來很真誠。」
能讓方大美女如此稱讚，感覺有點不得了。
「欸，那妳還猶豫什麼，聽起來很厲害啊！」
她眯起眼睛。「再說一次，我又不是妳，才不會隨隨便便吃幾個月早餐就被拐走。」
「不是幾個月耶，妳看從開學到現在，哇！都快要半年了！」我怪叫著，但是方琦然已經不理我，往前加入其他人的球類運動。
我坐在這邊感受陽光與微風，總覺得好幸福。
在我閉上眼睛的時候，覺得有黑影擋住我的視線，張開眼睛，旁邊不知何時站了個女生。
她長髮飄逸，眼上有著濃密眼線以及睫毛膏，眼睛淡然看著前方。整個人感覺輕飄飄的，長得算是漂亮，但又是那種說不上來的眼熟。
我看了一下她制服上的線條，是三年級學姊。
「方琦然是那一個嗎？」忽然她開口，卻沒看著我，是在問我嗎？
「妳沒聽到我說的嗎？」就在我內心還在遲疑的時候，她又開口，而且口氣很差。

「聽到了，但我怎麼知道妳是在問我。」雖說我們金牛女孩圓滑又善解人意，可是畢竟還是牛，有牛角的，對我們不善，休想我們不會看到紅衣服就暴衝。

「好，那這位學妹，方琦然就是那個女的嗎？」她面向我，頓時我想起來她是誰了。

就是陶學長的那個劈腿女呀！

「為什麼要這麼問？」我警戒一下。

「問問而已。」她看向我。「至於妳，就是項微心吧？」

哇，怎麼連我的名字也被知道了！

該不會想起我是當時胡說八道的女孩了吧？

她把手中一張紙條交給我，細看，是我之前發給各個幽靈社員的留言紙條。

「我不參加。」說完她就轉身離開。

三年級還真是自由自在，居然上課時間可以走動自如。

我打開字條，上頭居然寫著『葉可亞』。

世界很小，學校更小，沒想到劈腿女也是吉他社的幽靈社員。

我看著葉可亞的背影，又再次想起那個好久不見的學長。當時夕陽下給我的蘋果汁，如今那味道早已經被每天早餐的蘋果汁所取代。

想了想，我決定等等去買蘋果汁，不過當然又要跟方琦然借錢了。

今天有一件重大的事情。

著實大大震驚了我的味蕾，我看著眼前這個被我咬一口的東西，老天爺唷這到底是什麼東西！

我趕緊呼喊著方琦然的名字，一面跑到她的座位邊，要她仔細看看我手裡的這個食物。

「妳很髒欸，屑屑掉滿地。」方琦然鄙夷。

「老天爺喔！小女孤陋寡聞，居然不知道有這麼好吃的東西，這是什麼啊？」我指著A學長今天送的早餐，裡面有燻雞肉、生菜、美乃滋以及番茄，外面是鬆鬆軟軟，一咬下去就酥脆得炸開的麵包，有點像是牛角麵包的口感。

「哇靠，這應該很貴吧。」方琦然看了一眼，她居然連早餐是什麼都沒有看。

「妳去幫我問A學長這早餐叫做什麼，快點。」我推著她，打算趁著假日拗媽媽也帶我去吃。

「我才不要勒！」方琦然當然拒絕。

「拜託啦，我真的好想知道這個叫做什麼。」我扭動著全身，真的就快要跪下膜拜。

「妳閃一邊去啦，貪吃成這樣子！」方琦然惡言相向。

問不出好吃食物的名字實在太悲催，我可不會輕易放棄。所以決定，沒錯，不要臉就不要臉到極致，決定明天早上跟著方琦然去外掃區，然後自己問。

反正我只要說那個早餐很好吃，方琦然想知道就好了，頂多換來方琦然的毒打。我覺得為了食物，這樣很值得！

想好以後我就竊笑起來，期待明日到來，然後繼續喝著蘋果汁。

結果好景不常，應該說人算不如天算，方琦然隔天居然請假，我一度懷疑是不是她知道我的邪惡計畫，所以故意請假沒來。

好吧，沒來也沒辦法。

「喂，項微心，方琦然今天沒來，她的外掃區工作呢？」話劇社女孩過來問我。

「哇，妳不會是要叫我去幫她打掃吧，那是你們外掃區要分配的呀！」別想叫我做份外之事。

「我當然不介意呀，但是重點是早餐呀。」話劇社女孩比了一旁的阿寶。「他說可以幫方琦然打掃，收下A的早餐喔。」

「什麼？A學長的早餐是我的，阿寶想搶？門都沒有！」我立刻站起來，走到阿寶面前搶走他手上的大夾子，瞇著眼睛看他。「方琦然的工作是我的！」食物也是我的！

「我、我去幫忙就好了啊。」恭喜阿寶終於有一句台詞，但我不理他直接轉身，所以他沒有第二句話。

於是乎，這是我高中兩年來第一次去外掃區域，忽然想到，喔，這樣不是更好嗎？方琦然不在，我怎麼問A學長，方琦然也不會知道。我免了一陣毒打又可以問到早餐名字，兩全其美呀！

而且，我真的挺好奇A學長長怎樣。

整個打掃時間我都不太專心，一直在用夾子夾地面上的樹葉和一些吸管塑膠套的，還有鋁箔包飲料，奇怪大家隨手把垃圾丟到垃圾桶很難嗎？為什麼都要隨地亂丟垃圾，我祝福隨地亂丟垃圾的人以後都沒有垃圾桶。

這好像不太對，這樣他們不就更亂丟垃圾了嗎？

就在我胡思亂想的時候，話劇社女孩對我「撲絲」叫了幾聲，一開始我還沒有會意到，之後才注意她的眼神方向。

我轉過去，果然看見一個高瘦的男孩背對著我站在校門口張望，手裡還提著早餐袋，他應該就是A學長了！

就在我正要往他那方向去，A學長轉過身來。

雖然很久沒有見到他了，但那個瞬間我還是馬上認出來，是陶宥全學長。

難道，陶學長就是A學長嗎？

他看見我也露出笑容，然後朝我走過來問：「妳也是打掃這邊？我怎麼從來沒看過妳？」

上次和他講話都好久以前了，我搖搖頭說：「我幫方琦然打掃。」

他一愣。「妳和方琦然同班呀。」

看來沒錯了，他就是A學長。

不知道為什麼，我的內心忽然有點酸酸的，就好像是蘋果汁一樣，只是這次沒有甜甜的回甘。

「陶學長是……送琦然早餐的那個學長嗎？」

「妳知道我的名字？她說過？」

我搖頭，是我自己聽到的，聽到了就記下來了，沒什麼意思。

接著我伸出手。「她今天請假，早餐我代收吧。」

「她請假，妳代收？那早餐是誰吃？」

面對陶宥全的疑問我整個嚇一大跳，實在是講得太順口了，沒想到其中不合理之處。要是被他知道早餐都是我這個矮子吃掉，他一定會很不爽吧！

「我、我是說，琦然只請兩堂課，等一下就來了，所以我先幫她收下。」

陶宥全倒也沒懷疑，只想了兩秒就把早餐交給我。

「那就麻煩妳了。」

「對了，昨天那個早餐很好吃，那叫什麼？」最重要的事情不能忘。

他聽了以後卻笑起來。「妳怎麼知道很好吃？」

我歪頭。「嗯……因為我看見方琦然吃得津津有味的模樣。」

他挑起一邊眉毛，微風徐吹他的瀏海，漆黑的眼神看著我，讓我覺得說謊的自己無地自容。

不過他只是輕笑一聲。「那個呀，叫做燻雞可頌堡。」

光聽名字就很厲害，不得了，一份要五十五起跳吧。

「我知道了，我會轉告琦然。」我對陶宥全微笑，然後搖晃著手中的早餐。

他也對我揮揮手，之後轉身進到學校裡。

話劇社女孩立刻朝我跑來。「感想如何？」

「挺帥的。」

「是不是？還是我去勾引他？」

「妳還在想這件事情啊，我又要說一次嗎？妳和方琦然，蝦子……」話都還沒說完就被她用掃把追著跑。

今天的早餐是一樣的蘋果汁，跟另外一個我認得，蔥抓餅加蛋，很樸素，但是我喜歡。

吃之前我還拍照給方琦然看，她大美女大約中午時回了我一句『妳到底是有多貪吃，居然自己去拿！』外加一個生氣貼圖。

還是不要告訴她我又多問了早餐種類比較好。

話說回來，如果陶宥全在追方琦然的話，那葉可亞那天問我方琦然是誰的時候，就說得通了。

嗯，這樣也好，追冷冰冰的冰山，總比繼續和劈腿女交往好。

很高興他終於看開了。

隔天方琦然來學校後，把早餐交給我時，我發現裡頭多了一張紙條。

「蘋果汁＋蘑菇燻雞焗烤厚片」

這有多貼心，陶宥全居然把早餐名字都寫上來了，方琦然，可以嫁了啦！

後來每天的早餐，都會在裡頭附上食物名字，唯有蘋果汁永遠不變，我想他一定很喜歡蘋果汁吧。

以前也會這樣給葉可亞嗎？

時間就在這樣歡樂的氣氛下來到了校慶前三個禮拜，阿奎和小獻居然難得到我的班上找我，讓我訝異不已。

「項微心，我原本以為妳說說，但沒想到真的幫我們報名了。」小獻搖頭。

「我有說要幫你們報名呀，等一下，該不會被張元碩說中了吧？你們是要過來爽約我？」我可都沒有練習吉他呀！

「當然不是，就像妳說的，高中最後的機會了。」阿奎從口袋拿出一張折起來的紙。「拿去。」

「這是什麼？」我打開來看，發現是手製的五線譜，上面有簡單的吉他和弦，最重要的是，還有歌詞。

「這是我們上次哼的那首。」阿奎說。

「沒錯，放棄了兩次模擬考寫出來的歌詞。」小獻勾起壞壞笑容。「所以說，項微心，妳起的頭，妳也要一起收拾。」

「這是什麼意思？我不懂！」我怪叫著。

「就是，妳唱歌，我們彈吉他。」

「欸？？？」我發出像是日本人一樣的聲音。「為什麼會變成這樣？」

「很正常啊，妳唱歌那麼好聽，都最後了，就好好陪學長們表演一場吧。」他們兩個誠摯說著，我想了想，也覺得沒什麼好拒絕。

「好吧，讓吉他社有個完美的落幕。」

「很好，就是這氣勢，所以我們要開始加緊練習了。」小獻彈指。

「沒錯，就算妳很會唱，這畢竟是新歌，還是要學一下，走音就糗了。」阿奎跟我約了接下來每天早自習跟放學都要到吉他社社辦練習，除非他們要補習或是有逃不開的模擬考試，不然風雨無阻。

就三個禮拜，現在每天早上也吃得很飽，所以我點頭答應。

原本天真想著，也許花朵姊妹願意跟我一起合唱，但她們兩個說光是要召集幽靈社員就累死了，沒空做這種事情。

明明只是把資訊發到臉書上面而已，在累什麼，金牛座就是懶！

除了我例外，我是勤奮的金牛座。

於是再來，我每天都練唱著這全新的音調。為了確保自己沒有走音，我還會一邊彈吉他一邊唱，久未握吉他挺生疏的，但是摸慣了也勾起當時快樂回憶。

當然不包括謝子揚！

週末，我正彈到一半的時候，房門傳來敲擊，我喊了一聲，意外的是爸爸。

他探頭進來，一臉訝異。「我以為聽錯了，妳真的在彈吉他？」

「嗯，我是吉他社。」雖然很混。

「我怎麼不知道妳加入吉他社。」

「你不知道的事情可多了吧？」其實我無意要讓他難過，只是說出的話就是這麼刺耳。爸爸苦笑，正要離開，但我叫住他。「爸。」

「嗯？」

「你要出去？」

「喔，走走而已。」說謊。

但沒關係。

「還是說，你有時間聽我唱一首歌？」

「妳已經會自彈自唱了？」爸爸很訝異。

「校慶要幫學長們上台唱歌，現在在練習。」

爸爸興致勃勃拉著椅子過來，手肘撐在膝蓋上。「來吧。」

我深吸一口氣，輕輕刷著弦，開口唱著。

一點點、再一點點。

一滴滴、再一滴滴。

若你願意看向我，你會看見不同的我。

若你願意面對我，是否也能面對你自己？

親愛的、親愛的你，

我的父母、老師、朋友與愛人。

曾經親愛的我們，曾經親愛的你們。

是否永遠能幫彼此的親愛的，直到不再相愛，也能珍重？

老實說，我沒想到阿奎和小獻能寫出如此輕柔的歌詞，這是令我驚訝的地方。然而我卻忽然覺得，他們就是寫得出這樣的歌曲的人，雖然他們總是不正經，卻沒蹺過吉他社任何重要的時刻。

不管如何，他們真心愛著吉他，所以才能寫出如此音律。

我唱完以後看著爸爸，他的表情很是溫柔，伸出手想碰觸我，但卻停在空中。接著縮手，他站起來。「沒想到一轉眼，妳就已經長得這麼大了。」

「是呀。」我說，把吉他拿下來放到一旁。

「所以，很多事情，其實不用顧慮我的感受，我已經是可以坐下來和你們好好談談的年紀了。」我意有所指。

爸爸一愣，苦笑著離開我的房間，卻在轉角處停下。我探出頭，看見媽媽站在一旁流著眼淚。

於是我輕輕關上房門，戴上耳機，錄下我的吉他弦律以及歌聲，重複聽著練習著。

那一天，爸爸沒有出去了。

第八章

「妳進步挺神速的。」在第二個禮拜練習的時候，我已經可以跟上他們的速度，一首歌下來雖然錯的地方還不少，可是一直都有改善。

「我可是想做就能做得好。」我驕傲說著，但咳了兩聲。

「欸，不要求好心切然後過度練習，到時候聲音啞掉一切就完蛋了。」小獻皺眉。

「妳應該不會感冒吧？」

「沒有啦，只是我最近每天都在唱。」我升降八度啊啊唱了幾聲，聲音的確有些怪怪的。

「暫時先不要這麼用力，妳這個禮拜先用哼的。」阿奎說。

「這樣可以嗎？」

「反正歌詞妳也記住了，音也算準，只要拍子對了就行，用哼的就好了，平常在家也不要練習，知道了吧？」小獻把吉他拿下來。「好了，今天要早點結束，我們班要提早考試。」

「高三真的超煩。」阿奎咕噥。

我們在社辦門口解散，在走回教室的路上，我一直掐著喉嚨悶咳著，看看能不能比較好，不過卻遇見陶宥全。

怎麼一樣是高三，他看起來卻輕鬆許多呀？

「學長。」我先跟他打招呼，他一副若有所思看著我。「怎麼了嗎？」

「妳聲音怪怪的耶，感冒？」

居然能靠幾個字發現，這男生也太敏銳了吧。

「沒有啦，不礙事。」我揮揮手，問他：「是要送早餐給琦然嗎？」

「嗯，我已經給她了，可是今天飲料是冰的耶……」

「冰的也沒關係啊，琦然又沒感冒。」很好很好，我這次有記得不能說溜嘴是我吃的。

不過陶宥全歪頭看著我，然後搖頭笑了聲。「好吧，小心別感冒了，多喝溫水。」

「我會的，謝謝學長。」

「那我要回教室了。」他比了樓梯，我對他揮手說掰掰。

在我往教室方向走的時候，順便回頭看了一眼，發現他似乎在樓梯間遇到人，停下來在與對方說話。

我又多看幾眼，注意到對方是葉可亞。

兩個人還沒斷乾淨嗎？

還是說他們同班呢？

發現我對於陶宥全的事情一點也不清楚呢，方琦然清楚嗎？

喔，怎麼回事，胸口有點怪怪的！

回到教室以後，方琦然看我好像心情不好，過來問了幾句。

「妳知道A學長叫什麼名字嗎？」

「陶宥全啊。」

「那妳知道他哪一班的嗎？」

「一班，怎麼了？」

「沒什麼，只是想說妳真的都知道耶……」我趴在桌上。

「妳幹麼？一開始送早餐給我就有先自我介紹啦，當然會記下來。」說完方琦然把早餐放到我桌上。「今天是冰奶茶和蔬菜蛋燒餅。」

「好貼心喔，早餐好健康。」我酸酸的說。

「妳是腦子破洞嗎？」方琦然不理會我。

我一邊吃著超好吃的蔬菜蛋燒餅，喝著甜膩的奶茶，卻覺得想念蘋果汁的味道。

我等一下要再借錢買蘋果汁……

張元碩約好的時間是校慶前一個禮拜的週末，我們把餐廳和時間分給那些有答應要去的幽靈社員，大約算一算也有二十個人。不過這等於是跟一堆不認識的人見面，我也沒有多大的期待就是。

加上這一次我和小獻阿奎要上台表演，所以通知幽靈社員的工作就落到花朵姊妹身上，反正只要發表一下文章就很多人轉發了，這忙不幫就說不過去！

我在社團教室哼著歌曲，錯的地方好不容易不超過五次，勉強可以唱完一整首歌。

「很好，一切就等下禮拜了。」小獻擦汗，我注意到他的手上有許多繭，那一定是時常練習才會出現的印記。

「希望週末東西好吃一點。」阿奎將吉他裝進去袋子裡。「項微心，好好保養妳的喉嚨，這幾天都不要亂叫。」

「我會的啦！」

結果在回教室的路上跌倒了。雖然沒整個人仆街，但手掌都擦傷，膝蓋也是，這一節又要考試，根本就沒有辦法去保健室擦藥。

最令我生氣的是，當我回到教室，發現今天沒有多的早餐。

「為什麼今天沒有！」

「那又不是他必須要每天送的。」方琦然皺眉。「妳不要把這當成習慣了。」

「我……」

被堵得說不出話來，我氣呼呼地回到位置上，結果因為手掌痛沒辦法握筆，考試考得一團糟。我真是氣死了，用小護士自己隨便擦藥就趴在桌上睡覺。

等第二堂課鐘聲響起後，我發現自己桌上多了一個東西，是早餐袋。

「這是什麼？」我問方琦然。

「妳要的早餐啊，剛才下課學長送來的，他說他今天睡過頭所以晚到學校了。」方琦然聳聳肩。

我打開早餐袋，今天是玉米濃湯跟煎餃。

都已經遲到睡過頭了，還買需要等很久的煎餃，看樣子陶宥全真的很喜歡方琦然。

「欸，妳有跟他講說，早餐都不是妳吃的嗎？」

「就講過第一次，說我不會吃，但是他還是繼續送。」

「那他如果知道都是我吃的，會很生氣吧，浪費他的時間跟感情，還有最重要的錢……」

方琦然瞥了我一眼，沒再說話，只是看著她自己手上的書。

「唉，這樣好像不太好……」

「妳幹麼陰間怪氣的，白痴喔。」方琦然又罵我。

我也不知道自己心情為什麼忽然不好，覺得好想哭，連吐槽她講錯成語的心情都沒有。

吃著這個早餐，覺得不太對。

後來幾天的早餐都是溫的飲料，更甚至有天打開看，裡面是沒有切開的蛋餅，上面用醬油畫了一個笑臉，讓我看到心情都很好。

不過我都會給方琦然看。「妳看，學長真的很愛妳耶，妳確定不接受嗎？」「妳不要吃早餐，吃屎好了。」然後方琦然回罵我的字眼越來越粗魯。

週末的時候，天氣很好，所以我的心情也好上不少。加上聲音完全恢復了，而且肚子也吃得很飽，媽媽今天又大發慈悲給我三百塊，那可是五十塊的六倍啊，多麼幸福！

所以拿著三百塊，我來到約定的地方，這是一家吃到飽的燒烤店，全店學生優惠價二九九，還真是會做生意，剛剛好讓我剩一塊。

花朵姊妹在門口等我，順便問了我和阿奎他們練習得如何，我說還不賴，只是商業機密不能唱給她們聽。

「沒關係，反正我們也會去聽。」

「今天來的人都不認識，我討厭和不熟的人吃飯。」

花朵姊妹抗議，卻忘記這些人都是她們約的。

進到燒烤店裡面，大家已經都各自坐好，張元碩對我們三個招手，那一桌分別就是我們這些熟面孔。

「人都到齊了，我就簡單說一下今天聚會的目的吧。在座的各位一定都是當年不小心被我逮到所拉進來的社員們，我想吉他社在我之後就會廢社了，只想畢業前和各位見個面、吃個東西，別無他意。謝謝花朵姊妹的幫忙，也謝謝小獻、阿奎以及微心下禮拜會上台表演，讓我們吉他社有個完美的ＥＮＤＩＮＧ。」

看張元碩說得如此激動，簡直就要一把眼淚一把鼻涕了，可是台下的人聽得茫然，有些甚至沒在聽或是顧著自拍吃烤肉。

算了，現實不就是這樣，還要要求什麼。

所以我趕緊拿著杯子站起來，花朵姊妹也跟著我這麼做，自然而然小獻、阿奎也不得不如此，我舉杯喊著：「謝謝社長。」

然後大家也跟著舉杯，不過沒有講話，就這樣喝了一杯。

最後呢，非常簡單，就是各吃各的，根本毫無意義的聚會。

不過張元碩開心就好，大概吉他社對他來講是青春的重大回憶吧。

就在我狼吞虎嚥吃著牛肉的時候，聽到有人在喊我。我滿嘴塞著肉片回頭，居然是葉可亞，這讓我差點噎到，立刻喝下可樂，卻又喝得太急噴出來，讓小獻嫌髒，花朵姊妹則笑到不行。

葉可亞皺了眉頭，冷眼看著我清理好以後才淡淡說：「妳可以跟我過來一下嗎？」

「她找妳幹麼？妳搶她男友？」阿奎還有空開玩笑，不過八九不離十，只是不是我，是方琦然。

我嘆氣地跟著她背後走，來到裝冰淇淋的地方，她白皙纖細的手拉開冰淇淋櫃子，卻因為冰淇淋太硬挖不起冰來。

「我來吧。」我朝她伸手，她看了我一眼。

「妳有辦法嗎？」

「不要小看我，我雖然矮，力氣還滿大的。」我拿過她手上的冰淇淋挖杓，踮著腳彎腰，用力挖起薄荷巧克力，漂亮飽滿的一球，驕傲地遞給她。

「我不吃薄荷巧克力，我喜歡草莓。」她說。

裝什麼可愛，吃什麼草莓，薄荷巧克力很好吃好嗎，還挑！

不過話雖如此，我還是乖乖地挖了新的草莓給她，一樣飽滿一球。

「妳知道陶宥全是我男朋友吧？」

「欸……」沒想到她會忽然開口，不過想也知道談這個。「我知道啊。」

「那方琦然知道嗎？」

「我不知道。」

「她這樣子很不好，妳不覺得嗎？」

我皺眉頭。「請不要說我朋友壞話，而且話說回來，妳和陶學長應該已經分手了吧。」

「誰說我們分手了，他說的嗎？」她生氣的一邊吃著草莓冰淇淋一邊說。

「他是沒說過，可是他追方琦然這麼久了，全校都知道，如果有女友的話他怎麼可能這麼做。」

又不是謝子揚，一切只會偷偷來，在沒人看見的地方。

「他的確是有說分手，但是我沒有答應，這樣就不是分手！」

「可是是妳先劈腿的欸！」我下意識脫口而出。

這下好了，葉可亞瞪大眼睛，一陣青一陣白：「陶宥全說的？」

「不是，他沒有說，是我自己聽到的。」我趕緊解釋。

而葉可亞眼神上下打量我，接著睜圓眼睛。

不會吧，她記憶力應該沒有那麼好吧？

「妳是以前曾突然跑出來，要陶宥全回應妳朋友感情的那個女生，對吧？」

喔真的是，妳這個記憶力拿去念書不是更好！

「哪、哪是，才不是我！」否認到底就對了。

「就是妳，那麼矮的女生除了妳沒有別人了！」她指著我大聲嚷嚷。

小姐喔妳有夠沒有禮貌的，什麼叫做那麼矮的除了我沒別人，我在學校也是有看過比我矮的啊！而且我這個矮子剛才還幫妳挖冰淇淋欸！

「好，就是我那又怎樣，所以勒！」我挺起胸膛，為了朋友，不能輸！

「所以當時方琦然就喜歡陶宥全了！他們背著我多久了？」

劇情怎麼會導向這邊？

「不是，那完全是兩回事啦！我當時不是說方琦然，而且是陶學長自己先莫名其妙來送早餐，跟方琦然沒有關係！」我趕緊解釋，沒想到當初善意的謊言變成現在這個誤會。

「好啊，每個人都背叛我，然後再說我的錯！」葉可亞氣得把冰淇淋放到一旁，突然就哭起來。

哪有這樣的啦，先哭先贏是不是！

因為吵得太激烈，引來服務生關切，花朵姊妹和張元碩也跑過來。葉可亞哭得好慘，梨花帶雨好像韓劇女主角一樣。

百合偷笑，對我比了個讚，而百花則裝做疼惜問發生什麼事情，葉可亞用另一種完全扭曲事實的方式講述。

「方琦然搶我男朋友，把陶宥全迷得團團轉，從高二就開始了。所以陶宥全才會開學就說要分手，我根本就被蒙在鼓裡，什麼都不知道！」

哇靠，剛才是平行世界嗎？

太可怕了啦，快點幫我查一下這女人什麼血型什麼星座，我以後要避開！

結果張元碩好說歹說，才把葉可亞先帶出去，好像還送她到公車站牌才又回來，而且我覺得葉可亞沒給錢，所以張元碩要多付二九九。

在我回到座位的時候，小獻和阿奎托著腮，一副看好戲的模樣。

「那女人很厲害吧。」阿奎笑著說。

「魔性啊，千錯萬錯，永遠不是她的錯。」小獻搖搖頭。「期待禮拜一校園的流言滿天飛吧。」

流言？

我趕緊回頭，那些幽靈社員們全都在低聲熱烈討論著剛才的事情。

方琦然是學校的風雲人物我知道，但是我不知道陶宥全和葉可亞也算是很多人認識的人。完蛋了，我看那些人眼光發亮，八卦就是能調劑苦悶的校園生活。

「怎麼辦？我會被方琦然打死。」我哭著臉朝花朵姊妹求救。

她們如聖母瑪利亞般露出慈悲笑容。「放心，我們會幫妳收屍。」

嗚嗚嗚，怎麼這麼好心。

於是回家後，我決定要先跟方琦然自首。可是我打電話給她的時候她正在生氣自家的狗跳到床上大便，讓我的話吐到嘴邊又縮回去，只好問她明天要不要請假在家裡洗床單。

「白痴啊，床單洗一天喔？」她按著洗衣機的聲音從電話那頭傳來。「妳今天烤肉吃得怎樣？」

「喔……吃得很好啊，也吃很多啊，很好吃……」

「好敷衍的回答，發生什麼事情了嗎？」

果然很敏銳呀，但是我現在說不出口。

「那個喔，我……欸，妳知道，陶宥全，就是學長，他有女朋友嗎？」

「他有嗎？」

「應該沒有吧，妳不知道嗎？」

「我又不在乎，我根本不在乎他好嗎，有沒有都不關我的事情。」方琦然停頓一下。「幹麼？又怎麼了？不會謝子揚事件重演吧？」

「不是啦，就是，」我想了一下，最後還是全盤脫出。

把我一開始看見陶宥全被劈腿的現場，還有我說的那些話，以及之後看見他們和好，還有在謝子揚丟下我的那個夕陽所出現的陶宥全。

「所以給妳蘋果汁的就是他喔。」方琦然嘖嘖兩聲。「也太巧了吧。」

「重點就是，那個葉可亞是我們吉他社的幽靈社員，她剛才也來了……然後……」我深吸一口氣，還是告訴她了。

沒想到方琦然沒有我想像中的大發雷霆，而是淡淡說：「就這樣？」

「就這樣？」

「就這樣而已？」

「什麼叫就這樣而已？葉可亞把事情完全扭曲了耶，天知道明天會有什麼樣難聽的流言出現！」

方琦然在電話那頭笑著。「項微心啊，妳以為什麼難聽的流言我沒聽過？以前我要獨自一個人面對，現在還有妳陪著我，有什麼好怕的？」

我的媽呀，要不要忽然這麼感人，難道是在演百合？

「不是啦，妳不生氣嗎？」
「我幹麼生氣？有什麼好生氣？」
「那……」都這樣了，我也不知道要說什麼。
「放心，項微心，我們行得直坐得正，況且我覺得，陶宥全不會任由這樣的流言亂竄。」
我心一緊。「妳為什麼這麼確定？」
「要看一個人，有時候只需要幾句話，幾次眼神交會，就會大概知道他是怎樣的人。況且從妳的形容聽來，他很溫柔不是嗎？」
是他看著妳才溫柔吧，還在早餐上面用醬油畫笑臉。
但我扯了一個微笑，這樣溫柔的男孩子喜歡方琦然，是多幸福的事情。
「好吧，希望一切平安。」
「會平安的。」方琦然篤定，然後她安靜一下下，似乎想說些什麼，卻又欲言又止。
「怎麼了嗎？難道葉可亞已經找到妳那邊去了？」
「沒有啦，算了，也沒什麼事情。」
「妳這樣講我好擔心喔，真的沒事嗎？」

「真的沒有啦。」

「那妳也真的沒有生我的氣？」

「妳再問我就生氣了。」

「喔，好吧，我閉嘴。」我趕緊安靜，然後掛掉電話。

只能說，不管明天遇見什麼事情，都要小心迎戰就是了，反正校慶過後就寒假，快樂！

隔天我膽顫心驚來到學校，但一片風平浪靜，就算到教室，班上同學也沒有什麼誇張反應。我東看西看一會兒，才轉去吉他社社辦，小獻和阿奎已經在那。

「怎樣？有發生什麼事情了嗎？」阿奎一副看熱鬧的樣子。

「沒有，這真奇怪。」我搖頭，雖然沒發生很好，但這樣像是暴風雨前的寧靜也很可怕。

「因為我們告訴陶宥全啦，他當然全力阻止這種事情。」小獻賊笑。

「你們也認識陶學長？」

「當然認識啊，你們這些年輕人都不會關心學長姊的，他大概就像是方琦然那樣的受歡迎程度吧。」

「這麼誇張？難道也會有女生組成俱樂部或是排隊在走廊告白送禮物然後整個抽屜塞滿情書那樣？」

小獻阿奎對看一眼：「方琦然有這樣？」

我用力點頭，我的雙眼可都是證據。

「那抱歉，陶宥全沒那麼威。」講完他們兩個哈哈大笑。

「反正啊，葉可亞是怎樣的女生，我們三年級大概都知道，她劈腿的事情也都是不能說的祕密。所以啦，這種事情爆出來，對她沒好處的。」

「只是不知道能管住幾張嘴，還是會有流言無法避免啦。」小獻阿奎輪流說著。

「不過最重要的是，我們來練習吧，離校慶不到五天了。」

「喔，好。」

我的腦子亂成一團，反正事情是圓滿解決就對了吧？

既然這樣，那就來唱歌吧。

於是我淡淡唱起那首歌的後續。

親愛的，我的寶貝。

不論你身在何處，都希望你有最美笑靨。

不論歷經多少分離與痛苦，我們都能給彼此祝福。
如果你依然流淚，請抬頭望天。
如果你依然垂地，也請仰頭觀望。
那道彩虹、那縷陽光。
總在天際等待你的垂憐。

我依然不敢相信這樣的歌詞出自這兩個學長之手，但當然那是建立在如果我完全沒聽過他們彈吉他模樣時的偏見。
餘音落下，我們三個互看，接著露出欣喜的微笑！
「太棒了！第一次全部成功！」
只差沒有抱在一塊兒了，這就是青春啊！
就在我們歡呼的時候，我感覺到社辦外頭有人走動，但沒有特別注意。直到我們要離開時，打開門才發現放在社團門口的早餐袋。
「這啥？」小獻差一點就踩到，我趕緊彎腰撿起。
「誰把早餐放在這？」阿奎也問。
而我打開早餐袋看，裡頭有一張小紙條寫著「蘑菇濃湯＋鮪魚蛋堡」。

沒想到方琦然這麼貼心，還把早餐拿到社團給我。唉唷這個女人，等一下親她一下好了。

當我邊走邊吃、往教室方向走時，卻赫然發現眼前熟悉的背影。

天喔是陶宥全，我趕緊躲到一邊，迅速將手上的蛋堡塞到塑膠袋裡面，打算等他走了再過去。

可是他不知道為什麼就是站在那邊不走，怎麼辦？我第一節課要考試啦，擋在那邊我怎麼過去。

乾脆假裝沒事好了，不對，我手上拿著早餐，這要怎麼解釋？

就在我躊躇不安的時候，陶宥全不知道什麼時候走到我旁邊。

「項微心。」

我嚇了好大一跳，早餐差點就掉到地上。

「有有有有什麼事情？」但我一愣。「你怎麼知道我的名字？」

「方琦然跟我說的。」他笑，眼睛瞥到我的手上。

我趕緊把早餐袋往後藏。「學長早安，我要趕著回教室，先走啦！」

沒錯，就這樣，很自然，反正那間早餐又不是只有他可以買，我也可以假裝我今天在那邊買早餐呀。

「妳，如果聽到什麼不好的事情，要馬上告訴我喔。」他忽然又喊。

一開始我沒想到，但馬上「啊」了一聲停下來，回頭說：「謝謝學長，我聽小獻和阿奎說了，謝謝你保護了方琦然。」

「也不算是保護，就是陳述事實罷了。」他看起來有些害羞，抓了抓後腦。「反正，要是可亞再找妳麻煩，記得跟我說，妳知道我在哪吧？」

「三年一班，陶宥全學長，是吧？」我自然回答。

「是啊，沒錯。」而他展露笑顏，陽光彷彿在他臉上綻放。

「那學長，我先回去了。」我些些退後，對他揮了一下手。

「嗯。」

就在我轉身往教室方向跑的時候，忽然聽到他說：「那一家的蘑菇濃湯很好喝喔。」

我整個人煞車，嚇得轉過頭去，但陶宥全已經不見蹤影。

是我因為心虛聽錯，還是他真的說了？

我的罪惡感油然而生，要是他知道早餐都我吃的，該怎麼辦啦！

回到教室後，第一堂課正巧開始，我趕在老師進來前一秒坐定位，將早餐掛在桌子旁邊，一顆心驚心膽跳。

下課後我把這件事情告訴方琦然，她只是翻了白眼不想理我。

「欸妳幹麼這麼冷淡啦，這是一個大煩惱耶。要是陶學長知道早餐都是我這個婊子吃的，他會多難過多生氣啊！」

「妳居然為了一個男人說自己是婊子？」方琦然用手拍了我的額頭。

「這只是一個有趣的形容詞，總之我開始有罪惡感了，我從來不知道吃東西也可以有罪惡感。」

「把妳那無謂的罪惡感收起來，把快冷掉的湯喝一喝吧。」

我點點頭，拿起蘑菇濃湯，果然好好喝。不是調理包的味道，而是真正自己煮的那種，這家早餐店真是不錯呀！

「對了，謝謝妳今天特地把早餐拿到社團教室給我。」

「妳覺得我會做那種事情嗎？」方琦然又再一次翻了一個好大的白眼。

「我回來的路上遇見那個學長，他人好好，還說如果葉可亞找麻煩要快點跟他講。」

「本來就是他自己的感情問題，這是他該做的，哪有什麼好或不好啊！」

方琦然這個人還真是嚴苛。

「好吧，反正我真的覺得他好溫柔，妳真的不考慮嗎？」

「考慮妳個頭啦！」她用力推了我。

「還是妳還……我這樣說妳不要生氣喔，是不是妳還喜歡管皓威？」

她一愣，似乎沒想到還會從我嘴中聽見這個名字。

「我不知道。」

「什麼不知道？」

「他的存在，就是很不一樣。雖然沒聯絡沒見面，可是就覺得……反正我不知道，有了開心，沒有也不會難過。」

「那不就跟雞肋一樣，好可憐欸。」

「妳什麼都好可憐，同情心不要這麼氾濫好不好！」

「我每天都在惹妳生氣，好無辜啊！」我喊著，一邊吃完了陶宥全的早餐。

然後那一整天，都沒聽見葉可亞的事情。不過偶而有幾個高三學姊特地經過我們班，看看傳說中的方琦然長怎麼樣。

放學的時候，第一堂課的考卷發回來了，么壽喔我只有四分，這是什麼鬼分數？我趕緊仔細看，發現我犯了一個絕對愚蠢還不會被同情的錯誤，就是把所有的答案格都寫錯了，如果沒寫錯，也有五十八分！

慘斃了，更別說聽見老師說要帶回家給家長簽名，請讓我哭倒長城吧。

所以我在心情差爆的情況下回家，依舊把考卷藏起來，當做沒這回事。反正就快要放寒假了，這一張小考卷老師不會在意的。

隔天到學校的時候，小獻傳了訊息說他們早自習臨時抽考，無法練習，但反正昨天很厲害，所以今天放學快速合一次應該就沒問題。

不用練習當然好啦，所以我回覆ＯＫ。

所以早自習我偷看帶來的漫畫，但當我因為脖子酸抬頭轉動時，意外看見陶宥全站在教室門口張望，這個時候他不是都會去找方琦然送早餐嗎？

接著他對上我的眼睛，很高興地對我招手。班上的人都注意到，我趕緊從後門跑出去，陶宥全也來到後門，他的手上依舊提著早餐。

「學長，琦然不在，她在外掃區啊！」

「喔，我知道啊，但是……」他些些彎腰，看了我的臉一下。「妳今天比較好了？」

好？好什麼東西？

「而且也沒有練習？」

練習？

「你是說吉他社的練習嗎？學長怎麼知道我們在練習？」

他歪頭一下。「呃……就是知道呀。」

「是喔。」

「這個給妳，我是說，給方琦然。」他把手上的早餐給我。

「學長真是奇怪，拿給琦然的話不就還能見她一面嗎？」我雖這麼說，但是心裡很開心他拿給我。

「她叫我拿過來。」

「是喔，方琦然居然這麼大膽了，還懶得提回來。」我故意調侃。「學長你不行太寵她啦。」

陶宥全乾笑。「妳感冒應該好了對吧？」

「我沒有感冒啊。」

「但是妳之前聲音……啊，那是因為妳練唱的關係？」

「對呀，學長好厲害，什麼都知道呢。」

「那之後就可以恢復蘋果汁囉？」

「好啊，我很喜歡蘋果……我是說，方琦然喜歡。」我歪頭，覺得自己也太蠢。

「那我先走了。」陶宥全溫暖笑著，然後離開我們走廊。

正巧此時方琦然他們幾個外掃區的也回來。她一臉古怪的像是想事情，一看見我就跑過來，不過在注意到我手上的早餐後停下，然後挑了一下眉毛，就直接從前門進教室。

我從後門進去教室，等方琦然放完掃除用具洗完手後，我才跟她說：「妳這樣不行啦，還要學長把早餐拿上來，妳連從外掃區拿到教室這段路都懶了喔？」

她「啊」了好大一聲。「他說我要他拿上來的？」

「對呀。」

「吼，你們在搞什麼東西啦，白痴欸。」她大美女似乎不想再和我聊。

好吧，我打開早餐，發現今天的醬油圖案花掉了，看不出來是什麼。

我猜應該是愛心吧？或是寫字？力口……然後？

看不出來。

我拿手機拍照，方琦然注意到我的舉動又翻了大白眼，我真的很怕她以後找不到黑眼珠。

總之，我拍了照片，才把蛋餅吃掉。

放學的時候，我們又練習了一次，一樣合音得完美，所以很快就解散回家。在回家的路上，夕陽將我的影子拉得老長，但這一次，我並沒有任何寂寞的心情。

第九章

隔天，陶宥全不知道為什麼，又把早餐送到教室裡來。

「琦然又叫你送來嗎？」我出去接過早餐的時候問。

這種雖然他不是送給我，可是在早自習出來拿男生送的早餐就是有一種莫名的爽感呀。

面對我的問題他只是聳聳肩，然後把早餐給我。

「喔對了，學長。」我從口袋拿出手機，然後滑到昨天拍的那張照片。「昨天你是不是也有用醬油在上面寫字？可是糊掉了，看不清楚是什麼耶。」

我把螢幕轉向他，卻發現陶宥全的表情看起來像是在憋笑。

「妳怎麼知道我有寫字？妳吃的？」

晴天霹靂！

我的心臟已經不是漏一拍那種程度，是整個好像被人拎出來當足球踢一樣。

我、要、嚇、死、了！

「不不不才不是我吃的！」

「那妳怎麼知道我有寫字？」他好像靠向了我一些。

「我剛好看到，琦然打開，我看到的，然後拍一下。」我亂解釋著。

他一手放在肚子上，另一手掩著嘴角，肩膀抖動得厲害，笑個不停。

「哈哈，我跟妳、跟妳開玩笑的……」

我看他笑得這麼開心，不自覺也跟著笑。「學長，你在笑些什麼啦。」

「沒什麼，我是寫加油兩個字。」

「加油喔，琦然不需要加油，她什麼都做得很好。」我揮著手說。

不過真好啊，有人會這樣說加油。

「這好像是在女僕店打工才會寫的東西，不是會在蛋包飯上面寫字嗎？」

「妳怎麼知道？難道……」

「我是看漫畫的啦！」我趕緊補充，以免被誤會。

「妳看些什麼漫畫？」

「我什麼都看耶，少女漫畫和……」忽然鐘聲響起，我才發現剛才早自習時間兩個人在走廊講話其實很大聲。

「我先走了。」陶宥全似乎也注意到這一點，有些尷尬地說。「校慶我會去看你們表演。」

「琦然去年也跳得很美喔，今年一定也很棒！」記得去年陶宥全也是在台下被方琦然吸引目光。

「嗯，我知道。」陶宥全說著，然後從一旁的樓梯上去。

我看著他離去直到身影完全不見，方琦然忽然出現在我的身後。

「項微心！」

「哇！」我嚇了好大一跳，手上的東西差點掉到地上。

「幹麼那麼大聲，心虛啊？」她不懷好意笑著。

「心虛什麼啦，妳什麼時候回來的，我都不知道。」

「妳眼裡只有那個學長，怎麼可能會注意到我。」方琦然聳肩，說她在鐘聲響之前就已經回到教室，可是我們兩個誰也沒注意到她。

「真是奇怪呀，不是要追我的嗎？怎麼會沒注意到我呢？」方琦然的話聽起來好酸喔，這讓我的心裡感覺好怪。

「對不起啦，琦然，我對學長沒有其他想法，妳不要誤會……」

沒想到我的話讓方琦然瞪大眼睛，伸手捏了我的臉頰。「吼，妳這個白痴，我是會跟妳計較這種事情的人嗎？」

「那、那撲然泥，為什麼要……」我被她捏得口齒不清。「蒲要亂捏啦，明天要唱歌！」

「妳有時明明很精明，有時卻真的像牛一樣遲鈍耶！」方琦然搖搖頭，鬆開我的臉。

我揉著自己的臉頰，她還真是不留情。

「幹麼這樣說我啦。」我把早餐打開來，今天恢復成蘋果汁，另一個則是豬排蛋。

「妳真的覺得，我明白告訴他都不吃也不會喜歡他，他還一直繼續送的原因是什麼？」

「不就是因為很喜歡妳嗎？」我理所當然地說。

「笨死了，男生才不是會一直默默付出的動物。」她停頓一下。「至少大部分不是。」

「可是他可能覺得他會成功？難道妳真的都沒有好感嗎？」

「妳才對他有好感吧！白痴！」方琦然指向我。

「我、我哪有！」我立刻反駁，但是方琦然卻笑了起來。

「妳有。」

「我才不會喜歡上要追妳的人，也不會喜歡妳喜歡的人。」

「天啊，我真的不知道該怎麼跟妳說。」方琦然搖頭笑了笑。

結果那天的早餐，讓我有些食不下嚥。

終於來到校慶表演當天，不知不覺就這樣過了一年，我們依然先在社辦教室集合。只是與上次相反，揹著吉他的變成小獻和阿奎，而花朵姊妹幫我梳妝打扮，畢竟這次我只需要唱歌，所以更需要打扮。

他們甚至拿來了一件藍色的洋裝，我原本打算穿制服就好了呢。

「熱舞社這次在我們的前面，要是妳不亮眼一點，鋒頭被前面搶光，等到吉他社表演沒有人，不是很糗嗎！」百合嚴厲說著，但是她們兩個都這麼高，拿來的洋裝對我來說就是長裙。

「真是糟糕，沒注意到身高差距。」百花苦笑。

「不行，不能輸在這，把這洋裝改一改吧！」百合很堅持，兩個人就在吉他社縫起手工藝。

而張元碩則來回踱步。「我一直都沒有問你們準備的怎樣，因為不想給你們壓力，一方面也是不想被阿奎他們兩個罵。不過項微心，真的沒問題吧？」

看他這樣走我就覺得煩。「沒有問題的啦！社長你這樣只會讓我更緊張！」

「好好好，我不走了。」結果他就站在那邊咬指甲，真是煩死了。

最後被百花先趕去前台，幫忙小獻他們確認擴音器有沒有問題。

然後在張元碩離開之後，百合也將那件藍色禮服改好，我看她們姊妹根本十項全能，有什麼難得倒她們？

那件洋裝被修改成完全符合我的 SIZE，裙襬恰到好處地落在我的膝蓋上來些，而袖口也緊貼我的手臂，加上兩姊妹幫我化的妝，又不知哪弄來的電棒燙，鏡子裡的那個簡直就不是我了呀！

「妳們真的是魔法師！」就算鏡子裡面的女孩跟著我說話，我也不敢相信那是我。

「化妝是神奇的魔術吧。」她們兩個很驕傲。「這下子雖然不到迷倒眾生的地步，不過一定可以讓人驚豔的。」

「沒錯，尤其當妳開口唱歌，分數馬上往上加好幾十分。」

她們如此抬舉我的歌聲讓我受寵若驚，不過能看見自己變得這麼漂亮，我還是很高興。

然後我腦中忽然想到，說會來看表演的陶宥全，不知道看見我這樣有什麼想法呢？

但這個念頭馬上被我甩開。這一次熱舞社在我們前一場表演，他一定會很專注在方琦然身上的，要是我有方琦然一半漂亮就好……

怎麼我現在是在吃方琦然的醋嗎？為什麼？

「發什麼呆?快走了呀!」百花在社辦門口喊，我才回過神趕快跟上。

現在可不是亂想些有的沒有的時候，畢竟是吉他社最後一次表演，要全力以赴!

一抵達活動場地後，還真是讓我們都傻了眼。一定是之前中午電視強力放送方琦然表演的畫面，所以這一次聚集了更多的人，更別說是還開放校外人士入場。

超誇張的，如果這是小巨蛋一定也會擠滿!

小獻和阿奎在後台倒是挺怡然自得。他們說要是大家都專注在熱舞社，看完就走了的話，那他們也就不會這麼緊張了。

「這樣不太對吧，學長們，應該要有信心也要有志氣啊!」我鼓舞著，他們卻看著我一臉驚奇。「幹麼啦!」

「還不錯啊，項微心，果然人要衣裝。」阿奎對我比了個讚。

「好討厭的感覺，我被騷擾了嗎?」我遮住自己的胸口，換來大家的歡笑。

我從後台偷偷往下看，去年也是這樣，當時是為了偷看管皓威人在哪。但今年管皓威不在，而我偷看的是陶宥全。

果不其然，很快就發現他在舞台前方不遠，那絕佳的位置也不知道他怎麼占到的。不過更令我意外的是，葉可亞也在附近，旁邊還站了幾個看起來就不是好惹的學姊。

哇勒，我有不好的預感。

我趕緊轉頭，在後台尋找方琦然的身影。她小妞今年把頭髮綁成馬尾，一樣穿著牛仔短褲，修長的腿一覽無遺，身上則是黑色T恤。

「琦然琦然！」我對她喊著，她看著我的臉先是狐疑，然後挑了眉毛。

「哇，妳怎麼啦？打扮這麼淑女，除了校服以外，我好像從來沒看過妳穿裙子耶。」她一臉驚奇看著我，還抓著我的手轉了一圈。

「現在不是我穿裙子很稀奇，是那個葉可亞她在舞台下面呀！」

「誰？」方琦然真是有夠天兵，居然忘記她情敵的名字。

「就是陶宥全的前女友呀！」

「所以？」

「吼，我怕她們會不會在下面動什麼手腳，傷害妳呀！」

方琦然聞言大笑：「項微心喔，這是公開舞台，本來大家就都可以過來，而且她們是要動什麼手腳，難道舞台燈會掉下來砸死我嗎？」

「天啊！妳不要講這麼可怕的事情，妳不知道動畫都這樣演的嗎？」我雙手放在臉頰兩邊尖叫。

「白痴喔，怎麼可能啦！妳真是笨死了！」方琦然拉開我的雙手，然後緊緊握住。「反正不管發生什麼事情，都有妳在啊，我才不會怕勒！」

唉唷，怎麼又忽然來這招，要是我是男生，一定把方琦然關在房間裡，從早到晚調教……不對，是從早到晚侍奉她，就怕她離開我。

所以我緊緊抱著她。「好吧，妳要小心，然後加油喔！」

「妳也加油！」她拍拍我的背。

然後在主持人說著：「歡迎熱舞社。」以及強大的歡呼聲下，她和其他成員一同踩著整齊步伐上台。

我躲在後台偷看，果然方琦然就是個天生明星。她在舞台上發光發熱的模樣，是任何人都比不上的；陶宥全會喜歡上這樣的她，也是情有可原。

我當然也偷看了台下陶宥全的表情，果然也是睜亮眼睛，帶著笑容。

可惡，心怎麼有點酸酸的啦！

短短的舞曲大約六分鐘，但是我知道方琦然所引起的風暴又會延續好一段時間，整個會場發出強烈的歡呼，還有「安可」聲音。

就在熱舞社她們要下台的時候，主持人卻喊住她們。

「熱舞社這兩年來受到大批粉絲的矚目，妳們知道為什麼嗎？」

這完全沒有事先溝通的訪問突如其來，讓熱舞社的社長頓時愣了下，但很快反應過來：「那還有什麼原因，不就是跳舞讓大家神清氣爽嗎？」

會場發出大笑，而幾個聲音喊著方琦然的名字，台上的方琦然表情明顯不悅，她最討厭這樣子了。

「妳們社團之中，有個女孩特別受到歡迎，大家想要訪問她幾句話嗎？」這個主持人怎麼這麼討厭啦？看不出人家不想回答嗎？

我探出頭要看清楚主持人的長相，卻先注意到葉可亞和其他幾個學姊竊笑的模樣，我甚至覺得她們對台上的主持人放電。

吼，我就知道一定有鬼。葉可亞這個女人才不會輕易放過方琦然，她居然叫主持人在公開場合這樣給方琦然難堪，雖然這是我的想像，但我覺得一定就是這樣！

台下的人一陣歡呼，陶宥全瞥了葉可亞一眼，好像對她說了些什麼。但是葉可亞一臉機車，從嘴型我看出來她說：「我哪知道。」

「那，方琦然學妹，妳願意接受訪問嗎？」主持人直接把麥克風遞到方琦然面前。

方琦然老大不願意，但是熱舞社的社員們各個保持笑容，彷彿不想破壞和諧的氣氛，所以方琦然也只能隱忍自己的不悅，微笑看著主持人。

「那想請問一下，熱舞社對於妳來說是什麼呢？」

「我喜歡關於跳舞的一切。」方琦然簡單回答，台下則是發出歡呼。

這有什麼好歡呼的，真是一團白痴。

「那可以問關於之前學校流傳的謠言嗎？」忽然主持人天外飛來一筆。「反正機會難得，如果有誤會也可以順便澄清。」

接著台下一陣騷動，方琦然微笑的表情始終不變。「請問。」

「聽說妳搶了別人男朋友是嗎？」

葉可亞在台下勾起邪惡的微笑，陶宥全又對葉可亞說了幾句，甚至一副要上台說話的樣子，但是方琦然抬頭挺胸，絲毫沒有退縮。

「我什麼樣的角色，需要搶？」

ＯＫ，這句話，要是是別人說的，我絕對嗤之以鼻叫對方照照鏡子。

可是方琦然說出來就是有一種女王的霸氣，言語中的自信讓大家瞬間贊同了她的話！

台下發出熱烈的歡呼聲，方琦然嫣然一笑，轉身往台下走，其他熱舞社的成員也跟著她下台。

實在是太帥了！

我超想衝到另一邊的後台給方琦然一個大大的擁抱，但是馬上換我們上台，沒有這個時間。雖然方琦然漂亮的解決了這擺明被刁難的事情，不過我內心還是超大不爽。

所以我氣呼呼的走上台，環顧台下，舞台下的群眾都還陷在剛才方琦然造成的騷動情緒之中。小獻和阿奎在我身後調整吉他聲音，主持人則要我試試看麥克風可不可以。

我瞪他一眼，然後拿起麥克風指著他說：「濫用個人職權進行私自慾望，你沒資格當主持人！」

主持人傻眼，台下的人也瞬間安靜，然後我面對台下的葉可亞：「妳也是！明明就是自己的錯，卻一直要找我朋友麻煩！」

葉可亞漲紅臉，不知道叫些什麼，由於我拿著麥克風優勢比較大，大家只聽得到我的聲音，聽不到她在鬼叫什麼。

所以我繼續說：「要是再讓我知道妳找方琦然麻煩，我就會每天祈禱妳考不上大學！」

超級俗辣但是卻恐怖的詛咒，第一個發出笑聲的是陶宥全。他大笑的聲音在會場迴盪，接下來其他人也跟著笑出來。葉可亞忍受不了這種氣氛，氣得往外就要走，可是人太多，她擠不出去。

「別急，聽完我唱歌再走！」我哼了很大一聲，對後面早已笑到東倒西歪的小獻和阿奎點頭。

他們忍住笑意，換上了專注的神情，刷下吉他第一個音。

「今天所要表演的是吉他社最後一曲，完全自創，歌名叫做《獻給親愛的你》。」

我閉上眼睛，沉浸在前奏之中。那些音律輕輕柔柔包覆著我所有感官，那紛紛擾擾的噪音彷彿都遠離，只剩下輕柔的旋律。

一點點、再一點點。

一滴滴、再一滴滴。

若你願意看向我，你會看見不同的我。

若你願意面對我，是否也能面對你自己？

我張開眼睛，第一個印入眼簾的就是陶宥全學長。他看著我的模樣，讓我錯覺自己現在是不是方琦然，否則他怎麼會用那麼溫柔的眼神看著我。

親愛的、親愛的你，

我的父母、老師、朋友與愛人。

曾經親愛的我們，曾經親愛的你們。
是否永遠能幫彼此的親愛的，直到不再相愛，也能珍重？

然後，我也瞥見了從後台走出來的方琦然，她漂亮的臉上掛著淚痕，一臉驚奇地看著我。

她真的是我的驕傲，如此美麗堅強的朋友，我何其有幸可以遇見她。

親愛的，我的寶貝。
不論你身在何處，都希望你有最美笑靨。
不論歷經多少分離與痛苦，我們都能給彼此祝福。
如果你依然流淚，請抬頭望天。
如果你依然垂地，也請仰頭觀望。
那道彩虹、那縷陽光。
總在天際等待你的垂憐。

落下的最後一個音，彷彿餘音繚繞，久久不曾離去，迴盪在會場之中。

我看著台下一片靜默，還以為人都已經走了。

接下來，那歡呼雷動的聲音，是我從來沒有聽過的。

小獻和阿奎誇張地哭了，他們不會知道，這不只是他們第一個舞台，更是他們很久以後，成為當紅地下樂團的第一個開始。

不過這些都是很久很久以後的事情了。

接下來的事情都在一瞬間發生。花朵姊妹衝上台擁抱我，張元碩抓緊機會衝上台搶過麥克風，對台下喊了吉他社很棒之類的話，我根本沒搞清楚發生什麼事情，周邊充斥著鬧烘烘的歡呼聲響。

只記得，陶宥全的表情，即使在那一片混亂之中，我也能清楚看見。

死定了，我好像真的喜歡上他。

怎麼辦？

校慶表演完畢之後，還有結業典禮。這一次我似乎真的引起騷動了，不過卻讓方琦然很感動，她事後抱著我整整五分鐘，周遭人羨慕的神情真是永生難忘。不過這也是她唯一一次如此擁抱我了，畢竟她是個小傲嬌，平常只會打我。

然後不知道該慶幸還是傷心，雖然吉他社穿藍洋裝的女孩引起騷動，似乎還引來了一些粉絲，但是離奇的是，之後沒人找到她。

就是我啊！就是我啊！

那個曾經被你們這些沒良心的人稱作侏儒的我啊！

卸妝換回制服以後，就沒人知道我是誰了，會不會太悲慘。

結業式結束後，我問了方琦然寒假要做什麼，想要約她一天出來跟她坦白我好像喜歡上陶宥全的事情。

畢竟，陶宥全是在追方琦然，不管她內心到底對他有沒有感覺，我還是要說清楚。

「我寒假要出國玩喔。」沒想到方琦然說出這令人羨慕到爆炸的消息。

「妳要去哪裡玩？」

「美國。」

我聽了整個人差點炸開，這種事情居然現在才跟我講，是美國耶是美國耶！我也好想去，我到現在連護照都還沒有，出國是什麼東西？能吃嗎？連桃園機場都沒去過，我也太可憐！

「帶我去，請把我裝在妳的行李之中。」

「白痴喔！」方琦然推開我。「我大概開學前幾天才會回來，所以寒假就掰掰囉。」

「好冷漠、好冷淡，好令人傷心！」我吶喊。
「妳確定？」方琦然勾起詭異的笑容，然後搖搖頭。「我先回家了。」
「急什麼？一起走啊！」我說，但是方琦然只笑著比了我的後面，然後揮手就往前跑了。
我回頭看，卻發現是揹著書包的陶宥全，瞬間我整個人嚇了一跳。
「學、學長，那個，琦然走了……」
「喔，我知道，我看到了。」他手插在口袋中，似乎在打量我。
「那、那我也先走了。」我拉緊書包背帶。
才在心裡剛剛發現自己喜歡他，馬上就面對面真人版這種心跳我承受不起，所以要快點離開現場。
「嘿，項微心，妳剛才好酷喔。」結果陶宥全卻走到我身邊。
「我、我有嗎？」我嘿嘿笑著歪了頭，感受到他就站在我旁邊。
陶宥全比我高很多，彷彿大手一伸就能將我整個人擁入懷中一樣。唉唷真是的我在想什麼啦，不要花痴了，這個男生可是喜歡方琦然呢。
他們站在一起真是郎才女貌，而且陶宥全這麼溫柔，一定能好好對待方琦然。兩個人絕對能天長地久，然後踏入婚姻……

結果我就這樣被自己的想像力傷害了。

我喜歡方琦然，也覺得他們站在一起很相配，可是就是覺得胸口好痛，我不喜歡這樣子。

「妳不舒服嗎？」忽然他低下頭看著我，距離好近，我嚇了一跳趕緊退後。

「沒有呀！」

「因為我看妳走路都低著頭，這樣不好喔，你們歌詞不是說要仰頭看天空嗎？」

「歌詞是小獻和阿奎他們寫的，很厲害吧！」

「是呀，想不到他們還有那樣的長處，我記得他們成績一團糟耶，尤其是國文。」

「學長和他們其中一個同班？」

「看來我們的確很不了解彼此呀。」他笑著說，然後咳了一聲。「我來重新自我介紹。我叫陶宥全，三年一班，和阿奎同班，也是因為這樣認識小獻，牡羊座，最近的煩惱就是有些話說不出口。」

「我最近的煩惱也是有些話說不出口呀！」我咬著下脣。

「像是什麼呢？」

像是還沒告訴方琦然我喜歡你、或是跟你說早餐是我吃的，還有就是我喜歡你之類的。

這種話現在我也說不出口呀。

所以我只能搖搖頭。「學長生日跟我很近呢，我是金牛座的喔。」

「這麼巧。」他沉思一下。「妳有在用 LINE 嗎？」

「有呀，那不是現在必備的嗎？」

「那我們來交換 LINE 吧。」

他的話讓我停頓一下，我有聽錯嗎？

「跟我嗎？」

「嗯，這邊還有誰嗎？」

「嗯，只有我。」我把手機拿出來，轉到條碼給陶宥全掃描。

別多心，他只是不好意思問方琦然的聯絡方式，所以要透過我詢問方琦然的消息。

別擔心，就算我喜歡你，也不會阻擾你的戀情，相反的還會幫助你。

我在內心如此告訴自己。

「今天的事情啊，我還是要跟妳道歉一下，當然我也跟方琦然道歉過了。」

「你是說前女友嗎？」我立刻擺出不爽的表情。「算了啦，女人暴走你也無法掌控，誰知道她會這樣子呀。好在方琦然很有女王架勢，她真的是惹錯人了。」

面對我的描述，陶宥全聽了笑出來。「妳跟方琦然講的話差不多呢，只是她是說，『好在項微心小歸小，很有勇氣，所以根本別想弄我們。』這樣。」

什麼叫做小歸小啦！是哪裡小？說清楚喔方琦然，沒聽過麻雀雖小五臟俱全嗎？

「只是……」陶宥全抓抓鼻子。「可亞其實不是這樣的女生，她本性不壞，我想可能是這次我走得太乾脆，所以她才會心有不甘吧。」

聽到陶宥全這樣說自己的前女友，我也覺得有些隱隱作痛。他們在一起的那些曾經，一定也很美好過，那是我永遠不會知道，也介入不了的地方。

「學長還喜歡她嗎？是在還喜歡她的情況下追琦然的嗎？」

他用力搖頭。「當然不是，我怎麼可能會做那種事情！」

「那為什麼之前學長可以原諒，現在又選擇不原諒了呢？」

「哇，這是很長的故事呢。」他笑了下。「也許寒假有空，我們可以出來一起念書或幹麼，我再講給妳聽？」

我心一揪。「可是、可是琦然寒假要去美國。」

「我知道她要出國，我是約妳啊。」

我手指交纏著，所以說，為什麼約我。

「嗯。」但我只是點頭。

項微心，不要亂想，永遠永遠，不要胡思亂想。

金牛座的小劇場，只屬於自己的世界。

「我會告訴你很多關於琦然的情報，學長，你要加油喔。」所以我撐起微笑，對陶宥全這麼說。

他一愣，露出沒辦法的微笑。

然後在夕陽下對我揮手說再見。

第十章

方琦然去美國了。

她在臉書上面於美國迪士尼前面的打卡，我按下「怒」。

氣死我了！羨慕！嫉妒！

「我要禮物！」

我決定在她每一篇打卡都留下一樣的訊息。

一直到我連續回到第五篇的時候，她打了 LINE 電話回來罵我好幾句，連在國外也要罵我，看看我有多可憐。

「現在有空嗎？」

喔，電腦訊息跳出另一個視窗，我立刻點開，是陶宥全！

現在不是在乎方琦然在美國逍遙的事情，我立刻回覆：「有空呀。」

但 ENTER 按了下去才發現好像不太好，回覆太快，又說有空呀好像很沒矜持，真是的！

「妳明天有事情嗎？要不要一起去念書？」

又念書？

為什麼老是被約出去念書，我看起來像是很愛念書的人嗎？

「好呀。」

又好啊！我到底是有多沒矜持！

而且我記得高三學測也考完了，還約念書感覺怪怪的，難道是陶宥全學測不理想，現在就要開始準備指考嗎？

這問題太敏感，還是不要亂問，看樣子的確也只能約念書。

對耶，他再半年就要畢業了，我怎麼到現在才忽然意識到這件事情呢。

「那晚一點我跟妳說時間和地點。」

他回傳，我回覆貼圖，然後呆呆看著他的視窗。

唉，喜歡上一個過不久就看不見的人，我也真是笨呀。

我走到客廳，爸爸正看著電視新聞，而媽媽在一旁折衣服。

「我明天要和同學出去念書喔。」原本是想要說學長，但跟學長念書這怎麼聽都很怪，所以我小小更正了一下。

「高二了，也是要認真一下。」爸爸說。

「幾點要出門，在家吃午餐嗎？」媽媽問。

「應該不會吧。」

講完我回到房內，看見陶宥全的新訊息，居然是說一起吃早餐。

隔天一早，我穿著襯衫和吊帶褲，來到和陶宥全約定的地點，出發前我還傳了訊息跟方琦然報備，但應該是時差關係，她沒有已讀。

我不斷整理自己的瀏海，東張西望等著陶宥全到來。一會兒後看見他從另一邊馬路出現，我趕快假裝拿起手機，專注自己的螢幕一樣。

「抱歉，我晚到了。」他跑到我前面，一臉不好意思。

「沒有啦，是我早到了。」我搖晃了一下手機上的時間，離約定都還有十分鐘呢。

「不過讓妳等就是晚了，我下次會早一點的。」

他的話讓我些些瞪大眼睛，下次的意思是……

不過我假裝沒有注意到。

「這一間早餐很好吃喔，我曾經買過給妳……給方琦然。」

「該不會是很好吃的可頌堡吧？那真的超酥脆的，我那時候……我是說方琦然那時候說很好吃。」

講完後，我們兩個都對視一笑。

這一間早餐店的位置雖然在學校附近，但卻不是我會經過的路線。與其說是早餐店，不如說是像早午餐店那種裝潢，裡頭十分典雅漂亮，也很安靜，雖然有人說話，但也輕聲細語。

「這邊很適合念書吧。」他輕聲說著，驕傲的模樣看起來好可愛。

「感覺好棒喔。」而且看起來很貴。

糟糕了，我擔心自己的錢包，出門拿了兩百塊，應該夠吧？

趕緊看了桌上的菜單，好在價錢不算太貴，兩百塊夠吃兩餐。正當我要把菜單給陶宥全的時候，發現他正盯著我看。

「怎麼了？」

「沒有啊，我只是在想，妳很急著要看菜單。」他竊笑著。

「我，不是急著，我沒有肚子餓，是因為……」其實肚子是滿餓的，然後也想看一下價錢，可是又不能說。

「我沒有其他意思啦，我只是覺得這樣很可愛。」他似乎不覺得自己說了些什麼，然後看著菜單。

我雖然小鹿亂撞，但同時有種討厭的既視感。

「妳選好了嗎？那我去櫃檯點餐。」

「我跟你一起去。」

「不用了，妳在這邊等吧，順便顧包包。」

「那我的錢。」我把手上的兩百塊給他。

「不用啦，回來再算。」他擺擺手，就往櫃檯走去。

陶宥全很帥、很正義又很溫柔。

可是他喜歡方琦然。

但卻說我可愛。

我想起討厭的過往，謝子揚。

男生是不是都是這樣？有想追的人、有喜歡的人，卻還是可以稱讚其他女生、和其他女生出去呢？

而為什麼，我每次都是當「其他的女生」呢？

越想我越覺得難過，很不想去猜測陶宥全是這樣的人。可是這一切表現下來，他或許就真的是這樣的人。

好，人不怕犯錯，只怕犯同樣的錯，所以我也不能在同一個地方跌倒。

等一下陶宥全回來，我就要問清楚！

首先先問，和葉可亞的事情，還有就是方琦然，然後……

然後要不要承認早餐都是我吃的呢……？

先不要好了。

過一會兒，他端著兩杯飲料回來，都是蘋果汁，然後把一個號碼牌放在桌上。

「等一下才會送東西過來，我們要不要等吃完早餐再來念書？」

「好啊。」那現在要幹麼？

不對，我為什麼又「好啊」了，這樣什麼事情就都像是聽別人說，我要有主見一點，領導話題才對啊！

所以我馬上深吸一口氣。「學長！」

「喔，怎麼了？」正在拆吸管的他被我嚇一跳，將蘋果汁遞到我面前。

「為什麼要找我念書？我們又不是同年級。」

「妳總有一天會是三年級，而我也要複習二年級的課程，所以很正常啊。」

說得也是。

「那學長怎麼會找我吃早餐？」

「吃午餐也是可以，但是我想說妳會喜歡這間。」

「是滿喜歡的。」

陶宥全喝了一口蘋果汁，然後笑著說：「妳是不是覺得很奇怪？」

「有一點。」

「放寒假前，妳不是問了我一堆問題嗎？我想說可以趁這個機會告訴妳。」

「是嗎？」我咬著吸管。「我當時是問，學長和葉可亞發生了什麼事情，對吧？」

「嗯，仔細想想，我們很早就認識了耶。」陶宥全撐著頭看向我。「在我第一次發現可亞，嗯，劈腿的時候，第一次和她攤開來講，妳就出現了。」

遙遠的記憶，也是這一切的起點，要不是當時善意的謊言，那方琦然就不會被找麻煩。

「她劈腿的對象是前男友，餘情未了吧。其實不是第一次，之前就有聽說他們還是走得很近，但我選擇相信，而後卻在路上被看見過於親暱的舉動。有人告訴我了，但是她不承認，也覺得自己沒有錯。」他聳聳肩。「反正妳當時應該都有聽見了吧。」

我點頭。

「我也記得妳衝出來，對我說了莫名其妙的話，說有人和我告白，在那個當下我想說誰？什麼事情，妳是不是認錯人了？可是我馬上會意過來妳的目的，雖不清楚為什麼這麼做，但我知道妳在幫我。」

我再喝一口蘋果汁。「那之後為什麼學長會選擇原諒她？因為我記得沒多久，就看見你們依然走在一起。」

「她聽見有人跟我告白以後，忽然很緊張，然後哭著說她會斷乾淨，要我不要離開，我挺喜歡她的，當時還是很喜歡，所以當然接受了。」他苦笑一下。

「真的會這樣子喔。」

「什麼？」

「就是，因為真的很喜歡對方，所以可以原諒一切，真的會有這樣子的情緒？」

我咬著下唇。「這樣好可怕，失去了自己。」

陶宥全往後靠著椅背，手指敲著桌面。「或許吧，談戀愛偶而就是會這樣失去自我。」

「學長好像很有戀愛經驗。」

「也沒有。」他歪頭。「妳沒有談過戀愛嗎？」

「不算有吧。」我聳聳肩，謝子揚那個根本不算。「那最後又發生什麼事情了呢？」

「最後就一樣呀，發現她還是私下和對方有聯繫，所以我覺得算了。一次可以原諒，第二次就永遠不會改變了。」陶宥全雖然說得雲淡風輕一樣，但怎麼可能真的如此瀟灑呢，一定也經歷過很大的痛苦吧。

也許是看我垂下來的雙眼，陶宥全先是一笑。「其實在原諒她的那時候，我就覺得有一天還是會因為一樣的理由分開啦。」

「是這樣嗎？」

他點頭。「所以當又再一次的時候，我內心也只有『果然啊』的想法。大多的傷心或是痛苦什麼的，早就在第一次的時候磨光殆盡了。」

「那學長，你真的喜歡方琦然嗎？」

他一愣。「怎麼這麼問？」

「難道真的分手以後，很快就可以喜歡上下一個人嗎？那學長又為什麼會追琦然？」

「因為……我這麼說，妳可不要覺得男生很壞。」他吐氣一下。「當時可亞不斷回頭求復合，我覺得很煩。正巧電視不斷重播當時方琦然跳舞的模樣，她成為大家討論的焦點，所以我想，如果我去追她，那很快就會傳到可亞耳中，也許可亞就會放棄……」

我大驚，張大嘴說：「就因為這樣？」

「小聲一點啦。」他帶著歉意。「我的出發點的確很糟，我承認。」

但也不是說不能原諒，應該說，好在方琦然沒有喜歡他，所以沒太大影響。

「那學長到底有沒有喜歡琦然。」這才是最重要的問題。

「為什麼這麼問呢？」

「因為，如果學長現在真心喜歡琦然了，那我就會真心幫助學長。可是如果學長只是想要甩掉葉可亞，那就可以不必再送早餐了不是嗎？」

我的話讓陶宥全沉思。「好像是這樣。」

「所以，所以學長不再送早餐了嗎？」

「嗯，不再送給方琦然了。」

我覺得有些高興，但也失落，不過這樣才是最好的吧。

回去要跟方琦然說，我幫她解決了這件事情，不知道能不能算兩塊錢。

頓時我的心情好了一大半。最棒的就是知道陶宥全不是真的喜歡方琦然，所以我的感情就沒那麼大的罪惡感了。

正巧此刻服務人員送上可頌堡來，剛做好的看起來更好吃，我眼睛都亮起來。

「妳要拍照……」陶宥全話都還沒講完，我已經拿起其中一個大口咬下。

哇～果然超好吃的我的媽啊！我等一下要再吃一個！

「哈哈哈。」

「怎麼了？」面對他突然的大笑我嚇了一跳。

「項微心，妳真的很有趣呢，一般的女生不是會先拍照嗎？」

「喔，對我來說，吃比較重要。」我嘴巴塞滿東西，對他微笑。

「這樣也好，不用浪費時間拍照。」陶宥全也拿起來大口咬。

「不過學長，你知道為什麼我當時會幫你說話嗎？」

「不是正義感爆發嗎？」

我搖頭，學長不記得了。

「我是為了報答你。」

「報答？」

「嗯，我早上好餓，但是蘋果麵包漲價了，我買不起，你幫我付了五塊錢。」

「我做過這種事情？對妳？」

「對，在合作社，很久以前了。所以當我在樓梯間聽到的時候，才覺得應該要出聲幫忙你，而你也有很好的接下我的球！」我對他眨眼，手指比他。

「原來在那麼久以前，我們就接觸過了啊！」他不可思議說著。「緣分還真不可思議。」

我點點頭，然後繼續吃著食物。

真的是超好吃的啦。

快樂的餐點時光過去以後，就真的要開始念書。我拿出課本三秒就想睡覺，不過看見陶宥全很認真的模樣，我也不好意思打瞌睡。

「我很推薦這一本參考書喔，只要做了這一本，很多問題都會了。」他塞了一本參考書給我，打開裡面有寫解釋以及錯誤之處。

雖然我成績沒有說太好，但是光是看參考書的程度，就知道我們兩個成績差很多。

「學長，冒昧請問，你上次模擬考的分數是？」

「六十八級分。」

請容小女子我下跪，這可不是滿分一百你考六十八，而是滿級分七十五你拿六十八啊！

小女我就是那種滿分一百拿六十八的小角色，這參考書的程度想必我是無法參透。

但這種沒志氣的話我當然不會說，只能含著微笑看著參考書上的中文字，然後一面懷疑我真的有念過嗎？

「哪裡不懂的話，我可以教妳。」

「教我？可是我會拖累你的進度吧。」

「反正學測都考完啦，我大概也就準備畢業考就好，沒什麼拖累的，沒有關係。」

這是什麼超人的話，真是討厭，都念完了！我永遠念不完耶！

「可是我覺得，學長你原本懂的東西，會因為教了我以後而變成不懂喔。」我先給他預防針，但陶宥全似乎完全不在意。

「沒關係，一起念書的目的就是要搞懂不會的地方呀。」他把椅子拉近。「所以有任何問題都可以問，機會難得喔。」

機會難得是嗎？

「那，我覺得學長要先聽聽我之前的考試分數喔。」

我故意對他眨眼，然後說了上次數學考四分的事情，故意省略了其實是自己粗心。不過就算沒粗心也沒及格，基本上說來，我的成績真的不好。

只見陶宥全微微睜大眼睛，小小的哇了一聲，然後撐起笑容說：「沒問題的，還有一年，好好加油。」

「那學長，你有想要考哪裡嗎？」

我一邊轉筆，一邊出於好奇問。

「台北的學校吧。」

我轉筆的手停下，有些訝異看著他。

「離開這邊，去台北嗎？」

「嗯，我看過學校簡章，台北的學校最適合我。」

台北？

那個花花世界的台北？那個只在偶像劇上面看過的台北？

「喔……」

「妳呢？」

「會留在台中吧。」我說，翻開下一頁的課本。

「是喔。」陶宥全說。

「學長的學測成績你預估如何？」

「我覺得應該可以去我想去的地方吧。」

「是喔。」我說。

頓時我覺得兩人有點陷入尷尬。然後我也發現，能這樣坐在這邊並不是永遠，很快的他就會離開了。

不過我生這些氣做什麼啊，真是少幼稚了，我和陶宥全可能連朋友都還稱不上呢。

所以我收拾自己不好的情緒，對他說：「我想你一定可以考上理想的學校，感覺學長很聰明。」

「聰明嗎？大概只反應在書上才聰明吧，其他地方我可是很笨的。」他如此說，但我一點也不信。

「那現在和葉可亞的事情，都解決了？」

他點頭。「都解決了，前幾天我收到她的訊息，跟我道歉，然後說從此再無瓜葛。」

「是喔。」

「有時候不覺得人很……怎麼說，來來去去的，有點寂寞？」

「學長是念舊的人嗎？」

「不是，只是覺得時間在走，人在改變，年紀越大就越會在意這些小事情吧。」

「也才大我一歲，就這麼感慨？」

「偶而啦。」他靠向我的參考書。「所以說如果現在不學習，到了明年的這個時候，就會感嘆為何當時沒有把握機會。」

我笑了起來，後來真的認真開始學習，陶宥全的教法很容易懂，反而讓我有種之前都學不會很笨一樣？

時間要到中午的時候，我們又再點了一次可頌堡和蘋果汁，一直待到約下午兩點才離開。

雖然很想再多去哪邊，可是總覺得找不到理由。最後我們在學校說再見，我往左邊走，他往右邊走。

「所以你們去約會了？」

「不是約會，是念書啦。」

「念書名義的約會。」方琦然回應。

「不是啦，妳是到了美國看不懂中文了？」

「我看了就是約會啊。」

我把事情告訴方琦然，她一點也不在意，還說了她本來就沒有覺得陶宥全有在喜歡她。

「為什麼？」

「因為態度不像，但妳又一直講，我覺得妳好煩，也懶得解釋。」

「為什麼不跟我講？」

「我想看看妳這個呆瓜什麼時候會發現自己喜歡他啊。」

「我、也不是……」

停頓一下，事到如今還否認什麼，所以把那句話刪掉。

「是啦，是喜歡，但是，學長和我只是朋友。」

「嗯，朋友。」

她回了一個竊笑的貼圖。

「不跟妳說了，我要去睡覺，明天還要去看大瀑布呢！」

「臭女人！」

如此簡單，就和方琦然把話講開，讓我如釋重負。

接下來一切，就只剩下和陶宥全坦承早餐是我吃的了。

喔不過，我忽然想到很重要的一件事情。

他送了這麼多早餐，如果我加減算一下，餐餐如此豪華，那我該還多少錢？

而且今天最後，他也沒有和我收錢，這樣算下來，我欠他的比方琦然還要多！

為什麼我老是在欠人家錢啦，金牛座不是應該很會省錢的才對嗎？

不不不，必須快點解決。所以我馬上點開陶宥全的視窗，在螢幕上打：「我有一件事情一定要跟你說，而且超級對不起你。」

可是怎麼樣 ENTER 就是按不下去，最後還是關掉視窗作罷。

能再撐一下是一下吧，至少等考完學測成績公布再坦白，這樣子才不會影響到陶宥全的心情。

沒錯，等到學測成績一公布完，我一定要馬上說清楚！

然後要把錢存下來，到時候分期付款還他。

於是這次過年，我終於抗爭成功，沒有讓媽媽再說出那句「要幫妳把錢存下來」的話，不過還是只成功死守伍佰塊，其他的依然被充公。

在快開學前一個禮拜，也就是方琦然回台灣的前兩天，陶宥全又傳了訊息過來。

「今天晚上有夜市，有沒有興趣呢？」

當然有興趣，而且這是絕佳機會，我要拿那伍佰塊去請客，當做是贖罪來補償一下。

所以我馬上答應，然後和媽媽說晚上和朋友逛夜市，所謂的朋友當然指的就是方琦然。

於是我將頭髮綁成馬尾，趕緊朝學校出發。由於我家和學校有段距離，所以學校附近的任何場合我都沒有接觸太多，而小夜市就在學校的附近，沒有去過，加上是和陶宥全一起，我超級期待。

我和他約在學校，等我抵達時，天色已然黑幕低垂，但從夜市傳來的光亮與煙霧卻歡騰不已。

陶宥全坐在校門邊的椅子，一面滑著手機一面等待我。那個等人的側影真的是太帥了，讓我躲在一旁用手機偷拍了幾張。

天呀，我也太像變態。

整理好情緒之後，我咳了幾聲，招手對他喊：「學長！」

「嘿，項微心。」他把手機關起來，放到口袋之中。

「你有吃晚餐嗎？」我小跑步到他身邊。

「沒有，打算在夜市吃個飽，妳呢？」

我當然用力搖頭，不過要在夜市吃個飽這對我可能有點困難，畢竟我是屬於要先去吃到飽吃一頓才有辦法吃法國料理的女生。

事實上我沒吃過法國料理，只是想闡明自己食量有多大。

「搖頭的意思是說沒吃過晚餐，還是沒辦法吃飽？」他笑了起來，彷彿看出我的意思。

喔，第一次一起逛夜市，還是不要讓我的食量嚇到他比較好，所以我巧笑說：

「當然是沒吃晚餐囉，我的食量不大的。」

這種噁心的謊話妳也說得出口？會下地獄被割舌頭的啦！

我彷彿聽到方琦然的惡毒話語。

「呵。」但陶宥全聽到卻也笑了起來。「那我們走吧。」

我們朝夜市的方向走去，原本以為會看見很多小家庭來逛，卻發現大多都是我們學校的學生。

希望不要遇到什麼熟悉的人才好，這也太尷尬了。

這時候才慶幸自己很矮，可以躲在陶宥全旁邊，完全不會被人注意到。

「我推薦這家的烤雞喔，非常好吃。」陶宥全停在一間人滿為患的攤位前，我聞到很香的味道，立刻探頭看。

攤位上有個大爐子，裡頭掛滿了許多小翅膀跟小雞腿，看起來就超級好吃的啊！

「學長要吃嗎？」

「吃呀。」他笑得很開心。「那就點個兩雞翅兩雞……」

「老闆，雞翅十隻，雞腿五隻。」我掏出伍佰塊，交給老闆。

「啊？」陶宥全張大眼睛。「妳有沒有點錯？」

「太少了嗎？」我驚呼，我原本想點十五跟十的耶！

「……喔，沒有，那要不要買飲料？」

「當然要囉。」我開心提著雞翅，跟著陶宥全來到另一家飲料店。這一次我也搶著付錢，跟陶宥全拉扯了幾下，但我還是成功付到了錢。

「不要這樣跟我搶。」他看起來有些不高興。

可是這是我的小小贖罪，要是你知道我做了什麼，一定會更不高興的。

「沒關係啦，我壓歲錢拿很多，就當謝謝學長教我功課，而且上次也請我了啊。」我揮著手說。

他凝望著我好一陣子，才又笑著搖頭。

之後我們又吃了牛排跟蒙古烤肉，其實蒙古烤肉是我吃的，陶宥全已經吃不下了。雞翅和雞腿他也只吃了兩個，我又多吃了地瓜球跟起司馬鈴薯，原本還想吃臭豆腐，不過第一次和他逛夜市，還是收斂一下好了。

最後我決定要吃冰淇淋，小姐特地幫我擠了一個很高的雙色口味。我走在人群中很怕冰淇淋倒塌，結果過於專注冰淇淋的下場，就是和陶宥全走散了。

身材太過矮小，根本也沒辦法張望，我朝夜市邊邊走去，拿出手機，發現已經有好幾通陶宥全打來的，我按到靜音都沒有注意到，趕緊撥回電話。

他很快接起來，聽起來很慌張。「妳在哪裡？」

「我在地瓜球的旁邊。」

「地瓜球？這邊很多賣地瓜球的呀。」

「就是旁邊有賣木瓜牛奶跟麻糬的地瓜球。」我聽到陶宥全的背景聲音有在喊滷味、麵包的聲音。「學長你是不是在手工麵包，旁邊有滷味跟壽司的那邊？」

他一愣。「妳怎麼知道？」

「那你繼續往前走，然後右轉看到的第一間地瓜球就是了，我就在這邊。」

掛掉電話後，我站在路旁的石堆上，一邊吃著冰淇淋等待，很快就看見陶宥全急忙跑過來。

他穿越人群，急忙朝我跑來的模樣，說真的有些感動。我立刻跳著對他揮手，以免他看不見我。

「妳，妳嚇死我了，怎麼回個頭就不見了。」他滿身大汗。

「我也不知道，抬頭就也沒看見你了。」我歪頭，從口袋拿出衛生紙給他。「學長，你看起來很緊張。」

「當然呀，要是跟妳走散怎麼辦？」

「不會啦，學長，現在是科技的時代，手機很方便的呀。」我整個人超放心。

但是陶宥全卻不太開心看著我。「妳啊，真的是……」

「好啦，我會小心跟好的。」我也拿出一張衛生紙，把自己的手擦乾淨。

「不過妳怎麼知道我在哪邊？」

「我聽見電話後面有壽司的廣播聲音，還有手工麵包媽媽的喊叫聲，我記得各個攤販的位置，所以就知道學長在哪了。」

「妳方向感這麼好？不，這不只是方向感，而是記憶力也很好。」

「只是對吃的而已啦！」我笑了一聲，跳下石堆。「還要再逛一下嗎？」

他沉思一下。「可以，但是。」

然後發生了大事情，他居然朝我伸出手。

我傻愣愣地看著他的手，又抽出一張衛生紙放到他掌心中。

「不是啦！」他看起來又好氣又好笑的。

「我不知道你要幹麼。」

「手，當然是妳的手，等一下又走失怎麼辦？」

大逆不道啊！

不對，是男女授受不親啊！

也不對，我太慌張了，中文造詣被方琦然附身。

現在是怎樣？他為什麼要對我伸出手？

這種在夜市很擠所以男主角牽女主角的手不是只有在漫畫才會出現嗎？怎麼現實也出現了？

「這這這這不好吧，很奇怪吧？」我慌張的把手藏起來。

結果我拒絕得這麼明顯，好像讓陶宥全很尷尬，他摸摸鼻子，但手卻不收回去。

「不然等等又走丟怎麼辦？」

「我不會走丟，而且，那麼多我們學校的人，被看見不好。」我趕緊說。

「被看見會怎麼樣嗎？」

「大家都覺得學長在追方琦然，結果現在牽一個小矮子，很怪吧！」這矮子還是方琦然的好朋友，更奇怪。

「這個喔。」他看起來一點也不在乎。「不過好吧，如果妳在意就算了。」

這不是我在不在意的問題，我覺得陶宥全根本沒搞清楚狀況。

而且只有我一個人這麼在意實在太蠢了。

他轉身就又要往夜市裡面走，我趕緊跟上，再次感受到人擠人的威力，吃的東西都要被擠出來。而且我一定要抗議一下，因為身高的關係，所以我大多都剛好頂到人家的胸口。

有多噁心啊，想像我的臉頰在完全不認識的人的胸口，那黏膩的汗水可不是區區二月寒流可以帶去的，總之就是噁。

而且我覺得陶宥全好像故意走很快，雖然有停下腳步等我，但還是保持在我追不上的距離，我出聲喊學長他也好像都沒聽見一樣。

結果終於在轉角處他停下，我追上他後說：「幹麼走這麼快？」

「我用平常的速度呀，如果妳怕走丟，可以牽我的手。」他又再一次把手伸出來，我嘟著嘴看。

想用這樣逼我就範，門都沒有。

他看我依舊不伸手，呿了一聲。

居然呿了一聲！

見他又要往前走，我伸出手拉住他的衣角。

這個動作讓他一愣，看著我手接觸之處。

「這樣也不會走丟。」我說。

「好吧，也可以。」他笑著。

於是就這樣，我們又晃了兩圈夜市，然後才往回家的方向去。

在學校門口我和他揮手再見，不過他卻停下來，然後說：「我送妳回去好了。」

「咦？不用啦，我自己回去就可以了。」

陶宥全看了一下手錶。「時間很晚了，就讓我送妳吧。」

也才九點多，有補習的人回家都已經十點多了。

不過，能再多相處一點時間，我也願意。

「不過我家在巷子的巷子，我怕你出來以後會迷路。」我好心提醒。

「我的方向感怎麼可能會比妳差呢。」陶宥全不服氣，明明剛剛在夜市他就搞不清楚我在哪邊呀。

走回去的一路上，我們隨意聊著天。而且很難得的，這一次都沒有提到方琦然和葉可亞，就很單純地在聊我們兩個的事情。

例如喜歡什麼漫畫啦、平常聽什麼音樂、看什麼電影、擅長哪一科、最討厭哪個老師等等。

平常從家裡走到學校好遠的距離，和陶宥全走在一起就過得好快。我有些依依不捨，但還是要裝作開朗。

「今天謝謝你邀請我，那下禮拜學校見囉。」我對他揮手。

「下禮拜呀，嗯，好吧。」他兩手一攤。

「學長，你考試準備得還好吧？」

「沒有問題呀，所以才輕鬆的逛夜市。」

「哇，這麼有自信聽起來還真是令人生氣。」

他笑了幾聲，一陣靜默在我們之間。

「那，我回去囉。」

「嗯。」

「你回家小心喔。」我說，回頭打開一樓大門，從鐵門反射可以看見他還站在後頭。

「我看妳進去我再走。」

「喔，好啦，我要進去了，掰掰。」我對他揮手，一直到關起鐵門都還看見他站在那邊。

接著我快速按下電梯，然後回到屋內，只跟爸媽嗨了一聲就衝回房間，然後打開窗戶。

陶宥全當然已經不在了，只是我癡心幻想他可能會在樓下看著我。

於是我趴在窗戶邊，看著天上月亮偷笑著。

忽然手機響起，我拿起來看，是陶宥全傳來的訊息。

「傻笑什麼？」

我嚇了一跳，趕緊東張西望，發現他居然還站在巷子口。

「我以為你走了。」我回傳。

「我是走了，但是剛好抬頭看，就看見妳了。」

明明可以看見彼此的人，卻沒辦法用說話的，這種感覺真是奇妙。

「好吧，那我平安到家了，學長你也快點回去吧。」

「沒問題，把窗戶關起來吧，晚上會冷。」

說完，他站在巷口對我揮手。

我也跟著用力揮手。

唉唷怎麼辦，心好甜喔。

不過我馬上發現，把要存還給他的伍佰塊幾乎花完了，該怎麼辦？

第十一章

高二下學期，方琦然大美女上學第一天就看起來很詭異。

一點也不像是去美國玩回來的炫耀模樣，反而好像變得更加成熟。

我想找機會問她，又不知道如何開口。

結果早自習結束後，我看見陶宥全站在我們教室門口。令我意外的是，他手裡提著早餐。

不是說了不送早餐了嗎？

我用手推方琦然，要她出去拿，但她只瞄了一眼。「妳去拿吧，我去幹麼？」

「他、他又不知道早餐是我吃的。」我小聲地說。

「但是至少他知道現在早餐是要送給妳的。」她擺擺手就不再理我。

眼看她不說話，我也只好自己硬著頭皮往教室外面走，陶宥全對我揮手。

「學長，不是說了不再送給琦然嗎？」

「所以這是給妳的。」他理所當然，而我一愣。

「可是，為什麼要給我？」

「我看妳在夜市那樣吃，平常一定吃不飽吧？反正呢，我買一份買兩份都是一樣，拿去吧。」
哪有可能一樣，那個錢可不一樣啊！
「學長，我……」
「好了，別說了就收下吧，我要回教室了，第一節又要考試。」他將早餐塞到我的手中，就急匆匆地跑開了。
我一臉茫然回到教室，看著方琦然說：「這是怎麼了？」
「妳自己想。」
把早餐放在桌上，我一邊吃一邊猜測，陶宥全的用意是什麼。
不過這件事情我怎麼想都想不出來，目光轉往方琦然。「喂，妳怪怪的耶，怎麼了嗎？」
「沒事啊。」
「怎麼可能沒事。」我吃了一口蛋餅。「而且妳不是前幾天就回台灣了，我打給妳妳也都沒有接。」
她嘆了一口氣。「微心，妳要跟我蹺掉第一節課嗎？」
方琦然居然會約我蹺課，這讓我不可置信。「欸，沒事吧，居然約我蹺課。」
「不要就算了。」她轉過頭，我趕緊說：「欸，我沒說不要啊。」

然後東張西望一下，把早餐收好，拿著手機對衛生股長說自己肚子很痛，要去保健室。

「一定是妳吃太多。」衛生股長搖頭，完全沒有懷疑，看樣子平時留下貪吃的印象也是不錯。

然後我和方琦然就往教室外走，而且我還提著早餐喔。

我們往體育館的後花園走去，那裡有個涼亭，是個不錯的蹺課地點，希望沒有人。

抵達涼亭的時候，第一節課的鐘聲也正巧響起。活了十七年第一次蹺課，回家要在記事本上面做紀念。

「所以發生什麼事情了，難道在美國被騙錢了嗎？」

「我和管皓威見面了。」

第一句話就讓我把蘋果汁都噴出來，這是什麼超展開，我訝異看著她。「妳又和他聯絡上了嗎？」

「嗯，寒假前就聯絡上了。」

「為什麼沒跟我講？」

「因為我原本想不會再跟他見面了，況且當時妳自己又在煩惱學長的事情，這種事情沒什麼好講的。」她手撐在膝蓋上，頭髮順著肩膀滑落。

「怎麼會沒什麼好講，所以怎麼了嗎？你們什麼時候見面？」

方琦然再次嘆氣。「妳不用擔心我，我只是……」

她說，在寒假前夕，意外的在路上遇見管皓威，兩個人尷尬地打了招呼，隨意聊了近況。之後他提及曾經在路上遇見過我，並問了方琦然是不是還沒有男友。

接著，提到了他自己和女友已經分手，只是因為「適合」似乎不夠，愛情不是只要「適合」就可以維繫。

方琦然聽到這句話，頓時湧起了以前的記憶，哭著說為什麼是因為「適合」而不是因為「喜歡」而選。

但兩個人在當下也都沒說什麼，就這樣分別，斷斷續續聯絡而已。

在這之中，方琦然也想過要跟我討論，但覺得這終該是自己要面對的事情。

直到方琦然到了美國，在異地聽見了我說幫她解決了陶宥全的事情。忽然之間，她覺得我都在往前走，逃開了謝子揚的陰影，已經走到下一個人，她卻還停留在那。

於是鼓起勇氣，決定賭一次可能，約了管皓威回國見面。

然而，當兩個人真實面對面，一起出去的時候。

方琦然發現，一切都不對了。

她曾經很喜歡對方，也曾經真心想要克服一切在一起，可是在這段時間，很多事情已經不一樣了。

也許每個人的緣分都有期限，一年、兩年、十年。

她和管皓威，已經過了那個期限，錯過了可以在一起的時候。

「我覺得很難過的，不是我和他沒能在一起，而是說，曾經如此深刻、不甘心的感情，會在這麼短的時間內就都改變了，人心，真的是說變就變嗎？我遺憾的是，這已經成為一個過往，是即便我和他現在多努力，都不能改變的事實。」

方琦然又哭了，我看過她兩次眼淚，都是為了管皓威。

兩次都是為了結束，可是心境卻是不一樣。

我想起陶宥全在寒假對我說的話。

「有時候不覺得人很……怎麼說，來來去去的，有點寂寞？」

「只是覺得時間在走，人在改變，年紀越大就越會在意這些小事情吧。」

我依舊不懂，卻又覺得懂了些什麼。

我好難過，內心覺得很痛，又說不上為什麼。

明明方琦然放下過去朝前邁進是很快樂的一件事情，這是很棒的。

可是當要割捨一些東西，才能往前邁進的時候，是不是也會掉幾滴眼淚。

「我並不覺得自己很可憐，也覺得自己長大了很多，只是妳懂嗎？」她拍著自己的胸口。「就是覺得很難過。」

我用力搖頭，然後也只能握緊她的手，就如同前一年我所做的一樣。

「我會陪著妳的。」

她呵的笑了一聲，靠向我的肩膀，身上傳來好聞的香味。

「要是以後我們都單身，一定要一起住養老院，才不會寂寞。」她淡淡地說。

妳這女人怎麼可能會單身，別傻了，外面那些男人才不會放過妳。

有一天，妳一定會遇到一個妳很愛、他也很愛妳的人，無所謂適合不適合，只是因為相愛所以在一起，我真心這麼想。

於是，方琦然和管皓威的緣分，真的就到這結束了。

或許未來有一天，他們依舊又會在某個城市、某個街道重逢，但到時候一定更不一樣了，也許都事過境遷，也許他們身邊都有其他人。

到那個時候，或許就能回歸最純粹的朋友，也可能就只成為回憶中的一個人，微笑說聲好久不見便不會再見的關係。

想到這邊，我覺得自己真的該去告訴陶宥全。

不要管什麼學測成績出來了，現在就該去說，為了不要成為遺憾。

所以我戰戰兢兢地，來到三年一班的教室。裡頭的高三學生們有一部分看起來行屍走肉，一部分看起來神清氣爽，考得好壞一目了然。

陶宥全就站在教室中間，和他的朋友聊天，忽然他看見我，立刻對我揮手。我尷尬一笑，躲到牆壁後面。

「幹麼躲起來？」他跑出教室來，而我捏緊著手。

「那個，學長，我有事情要告訴你。」我緊張兮兮，覺得他一定會討厭我，會罵我，會生我的氣。

因為我浪費了他的時間與金錢，就因為我的貪吃，所以讓他為方琦然準備的任何東西都進到我這個白痴的胃裡面。

就算他不是真心要追方琦然，至少也是為方琦然準備的。

「怎麼了？」他彷彿察覺到我的不對勁，輕聲低著頭問。「發生什麼事情了嗎？」

「我、我、我……」

我不行了！

先哭的人很卑鄙又卑賤，但是我就是忍不住，我只要一想到我說出實話，陶宥全會如何鄙視我，想像他看我如蟲渣的眼神，想像他轉身而去不再理會我的模樣，我就心痛欲絕。

「對不起，學長！我是一個婊子，一個貪吃的矮子！我是笨蛋，對不起！」

我大哭喊著，所有人都看過來，陶宥全更是被我嚇到不知所措，趕緊安撫我：「等一下啦，怎麼了嗎？不要哭了啦。」

他還很好心地幫我擦眼淚，一點也不知道眼前這個女人等一下就會變成他最討厭的女人。

「你送給方琦然的早餐其實一直都是我在吃的，而且一開始我還挑你跟另一個學長的要吃哪個好，其實我是兩個都吃了，所以我早餐吃了三份。之後一直持續吃你的早餐，很豪華我停不下來，明明知道那是你為方琦然準備的，但是我真的很餓，而且你送的早餐都好好吃，我想要吃！」不要看我講得很溜，我可是邊大哭邊說，聲音之大，旁邊的學生都聽見，幾個人還在笑。

「欸，不要哭啦！」結果陶宥全還在安慰我，怎麼人好成這樣！

「對不起，我知道我錯了，請你不要討厭我。那些早餐錢我都會還你，但是請讓我用分期付款，我一定會還給你的，嗚嗚嗚嗚。」

經過的一個學姊笑了一聲，丟了包衛生紙給陶宥全，他趕緊拿來幫我擦鼻涕和眼淚，我整個臉哭花成一片，我也不知道自己幹什麼這麼誇張，但我就是停不下眼淚，還越講越大聲。

完蛋了，我會成為笑柄，成為高三學生紓解壓力時的茶餘飯後話題！

「不要哭了啦，項微心，我早就知道早餐都是妳吃的。」

他的話讓我瞬間停下，瞪大眼睛訝異看著他。

「是真的，我很早以前就知道了。」他一臉無奈地微笑，再抽了一張衛生紙擦著我的眼淚。

「為什麼會知道？」

「方琦然說不吃我的早餐，也真的收得很不情願，我很好奇，所以有次跟回教室偷看，就看見她把早餐放在妳桌上，然後妳很開心。」他皺起眉頭。「我一直都有釋放我知道是妳吃的訊息呀，但妳好像都沒發現，我也想說算了。我還把早餐拿到吉他社給妳過，妳也沒有發現，是不是太遲鈍了？」

「所以、所以你早就知道一切了？」我不敢相信自己聽到的一切。

「是呀，我一直以來送的早餐都是給妳的啊。」他微笑。

旁邊的學生發出熱烈的呼叫聲，還有吹口哨的聲音，以及那些『閃屁啊』的謾罵聲。

但是我覺得一切好像都是夢一樣，不管是說著早就知道早餐是我在吃的陶宥全，還是正在幫我擦眼淚的陶宥全，一切都像是做夢一樣。

就連我會一時衝動跑來三年級走廊大哭一場，都像是夢一樣。

「別哭了，項微心。」最後只有陶宥全的笑臉是真實，在我的眼前，久久不散去。

然後這件事情果然成為笑柄，但我太小看威力，不只是三年級茶餘飯後的話題，而是全校所有人都知道的事情。

我甚至聽見葉可亞跟朋友說她之前那麼在意方琦然簡直像笨蛋，真正的敵人是我這個不起眼的矮子之類的。

連老師都會過來說，不錯啊，吃了這麼多早餐。

我覺得無地自容，但是更讓我無法接受的是，陶宥全還是送了早餐過來。

我們簡直變成學校的名產！

「不是啦，學長，你可以不用送了。」我拿著早餐低著頭，班上傳來的視線真是扎人，連別班的人都會探出頭看。

「我一直在想，妳除了食量大以外，是不是因為很窮的關係才沒吃東西，所以我才一直持續送。」陶宥全完全不理會，自顧自說起來。

「我沒有很窮……是有一點點，我媽早餐給我的錢很少，所以……對不起，我真的不是故意要浪費你的時間。」

「怎麼會是浪費我的時間，每次看妳滿足吃早餐的表情，我都很有成就感。」他笑了起來，對我的後方點頭打個招呼。「所以就讓我繼續送吧。」說完他就跑開了。

「欸，學長！」我叫他，但他只是對我揮揮手。我回過頭，看見方琦然手撐在下巴，挑眉看著我。「學長剛才是在跟妳打招呼嗎？」

「嗯，所以呢，你們現在是？」她用手比了一個愛心。

「沒有，才沒有那樣。」我提著早餐走進去教室，方琦然也跟著轉身面向我的桌子。

「為什麼？他看起來也喜歡妳啊。」

「可是……他要去台北念大學。」

「推甄結果出來了？」

「還沒，但是他成績很好，穩定會過。」我打開早餐，上面有陶宥全的字跡寫著『蘋果汁＋蒜香培根厚片』。

「那不錯啊，到外地看看，不是很好嗎？」方琦然翹起腳。「難道妳覺得你們就算交往，也會因為畢業而分手？」

「就……離得這麼遠，會發生什麼事情都不知道。」我戳下吸管。「不如就一直當朋友，這樣就算怎樣了，也不會太難過。」

方琦然老大不高興。「妳真的這麼覺得？」

我看著她，然後點頭。

「所以妳也覺得，我沒有和管皓威在一起過，我就沒有那麼傷心了？」

「我不是那個意思，這是完全不一樣的事情。」我趕緊解釋，但是方琦然看起來卻很不高興。

「項微心，妳真的是完全搞錯了，這樣我會很不想跟妳說話。」她大美女說完還真的就回到自己的位置上不理我。

我站起來想和她解釋，但還是又坐下來，悶悶吃著我自己的早餐。

有什麼辦法，他真的就是會走，而我真的就是沒有安全感。

我對自己，沒有自信，我不認為自己有什麼魅力可以留住一個人的心。

況且我又沒什麼成就，也沒什麼特別的地方，要怎麼樣才能讓陶宥全對我念念不忘，我不會。

如果我有方琦然一半漂亮，或是有她一半聰明，那是不是就能更有自信，是不是就可以說出自己想說的話？

真的是這樣嗎？

因為外在的「條件」而去定奪喜歡的「心意」，那和我之前說服方琦然的話不就背道而馳？

我想不明白。

後來我和方琦然再也沒有討論過此事，但也沒有冷戰或是吵架，而陶宥全依舊每天送我早餐，日子就在這渾渾噩噩之中過去。

某天我忽然想到，陶宥全跟我說過他是牡羊座的，但我卻從沒問過他生日幾號，看了一下日子，今天還在牡羊生日月中，但也許他的生日已經過了，該怎麼辦？

就在我猶豫該如何做的時候，聽見媽媽叫我出去吃東西的聲音，來到客廳，看見爸爸買了三塊蛋糕回來。

「今天是什麼日子嗎？」我坐到一旁沙發，選擇了巧克力蛋糕。

「回家剛好看見有在賣，就買回來了。」爸爸把外套丟在一旁沙發上。「沒什麼特別的日子也可以吃蛋糕呀。」

這讓我靈光一現。「爸爸，是哪一家在賣蛋糕啊？」

於是匆匆吃完蛋糕之後，我傳了訊息給陶宥全，問他人在哪邊，有沒有空出來一下。

他說當然沒有問題，便和我約在學校門口。

我要出門的時候，媽媽正在廚房洗碗，爸爸則去洗澡，忽然間看著媽媽的背影，我有件事情想問出口。

「媽媽，為了我不離婚，妳會不會後悔？」

也許金牛座的我就是這樣吧，要麼當沒這回事，完全不理。要麼一問就問出重點，不浪費時間。

媽媽繼續洗碗，然後又說：「我已經不知道什麼是後悔了。」

「那，一直這樣生活下去，妳會幸福嗎？」

「幸福又是什麼呢？」媽媽把水關掉，轉過來面帶微笑看著我。「看見妳健康成長，也是一種幸福啊。」

我咬著下脣，覺得好想哭，但還是努力給了一個微笑。

也許對我來說，幸福的定義太過狹隘，以為要有愛的婚姻才是幸福。應該說，愛的確是一切的根基沒錯，但或許大多數的人，都找到了沒有愛也能生活一輩子的方式。

非常、非常的可悲。

我永遠，也不想經歷到如此事情。

所以，是不是趁著還能愛的時候，盡力去愛呢？

等我意識到的時候，已經在路上奔跑，明明手裡還拿著蛋糕，但卻不斷跑著。

陶宥全就如同寒假一般，坐在校門邊的椅子上等著我，他看著我跑得那麼急，也跟著跑到我這邊。

「哇，妳怎麼了？有人在追妳嗎？」他好笑地故意往我後面看。「沒有呀，沒人追妳呀！」

「學長，我不知道你什麼時候生日，所以生日快樂。」我把手上一定已經摔得稀巴爛的蛋糕盒子塞到他手中。

「這句話怪怪的喔，不知道什麼時候生日，所以生日快樂。」他學我講過一遍後笑了起來。「但怎麼會這麼巧，我今天生日。」

「真的嗎？」我綻開笑容。

「真的。」他拉著我的手來到一邊的椅子。「我也知道妳下個禮拜生日。」

「你怎麼會知道？」我沒告訴過他。

「我可以問人呀，例如問妳。」

「但是你沒有問我。」

「或是問方琦然。」

「喔。」她也沒跟我說。

陶宥全打開蛋糕盒子，裡面果然已經糊成一團，他有點傻眼，我則裝沒事說：

「因為我用跑的。」

「妳為什麼拿蛋糕要用跑的？」

「我急著想見到你。」我不假思索地說。

他似乎被我的話嚇到，但很快恢復鎮定後，拿起一旁的叉子戳蛋糕。「為什麼想快點見到我？」

「我怕你生日過了。」我隨便亂說。

「這個蛋糕都看不出原本是什麼口味了。」他戳了一塊起來，轉過來面向我。

「來，啊～」

我看著他。「你是要我吃嗎？」

「妳不是很愛吃嗎？」他居然露出壞壞的笑容。

陶宥全也有這樣的表情嗎？這樣壞壞的模樣？

「可是你不用餵我。」我想拿起另一個叉子，但是他卻把盒子往後不讓我碰。

「啊～」

「啊什麼啊啦！」我趕緊摀住自己嘴巴。

「妳這樣急忙忙跑來給我吃蛋糕，自己卻不吃，這樣不對喔。」他微笑，再次把叉子推過來。「啊～」

現在是怎樣？

為什麼他感覺性情變了？

看著一直推過來的叉子，我只好閉上眼睛張開嘴，馬上吃掉。

哼，這樣就不用一直推了吧。

我紅著臉瞪著他看，陶宥全笑得滿意，然後又用一樣的叉子戳了蛋糕，自己吃掉。

「欸！」

「幹麼？」他一臉無辜。

「那個叉子我吃過了！」

「我知道啊，會怎樣？」

「這……！」

禽獸！

看著夕陽西下，總覺得自己老跟夕陽很有緣分，我們兩個人坐在這邊把蛋糕都吃光了。在陶宥全把垃圾拿去丟掉回來的時候，我決定要和他告白。

「那個，學長……」

「對了，出來前，我查了網路錄取名單。」他一屁股坐下來後，先開口。「我考上台北的大學了。」

頓時現實朝我襲來，他再過一個月就不在這了，更別說是離開台中，去到好遠的台北。

「是喔，恭喜你。」所以最後，我吐出的還是這一句。

他對我微笑，手卻搭在我的手背上。

這樣淡淡的，也許就夠了，只要我能一直記得此刻這片夕陽，還有手背上的溫度，記得曾經一起坐在這邊，就可以了。

我果然討厭夕陽，灼熱難耐，讓我的眼睛流下淚水。

「妳哭屁喔。」

咦？

剛剛不是很完美的內心OS END嗎？

為什麼會出現這麼不浪漫的台詞？

我扭頭看向陶宥全，眼淚都忘記擦，他看起來有點不開心，但卻又望著我的臉笑。

「不要再哭了，為什麼最近見到妳都在哭？」

「我以為你沒發現。」

「旁邊的女生在哭，男生能沒發現也滿厲害的。」他從口袋拿出衛生紙。「我本來不帶衛生紙的，但是為了妳必須隨身攜帶了。」

「不用啊，你很快就可以不用再帶了。」我接過衛生紙，故意說著不可愛的話。

「我其實很討厭曖昧的欸。」他握緊我的手。「所以說不要再這樣了好不好？」

「什麼？」我看著他居然把我的手拉到他的嘴邊，嚇得要抽手。

「不要再逃了，妳剛才朝我跑來，不是很好嗎？」

「我，我沒有逃啊！」

「不然妳就站在那不要動，我朝妳走過去也行。」

「要走去哪？你不要靠近！」

「我就真的要畢業，要離開這邊了，到了現在妳還不說喜歡我嗎？」結果他就突然這麼說了。

一聽，我才擦乾的眼淚又掉下來。

「我為什麼要說喜歡你，我說了喜歡你又能怎樣！」我踩他的腳，讓陶宥全吃痛一聲，卻沒有放開我的手。

反而忽然將我抱緊，怎麼能這樣抱緊我？

結果我更難過了，大哭抱怨一切來自我小劇場的不安。

「我知道的，你們男生都是這樣子，到了新的地方，認識新的女生，有了新的生活就會把舊有的一切拋去，因為人都是要朝前邁進，都是要往前的啊！所以你一定就會忘了這邊的事情，忘了一切，忘記我，所以我不要和你交往，只要當你的好朋友就可以了！」我哭哭啼啼說著，但陶宥全卻輕輕拍著我的頭。

「我不會認識新的女生。」

「說謊。」我瞪著他。「到了新的學校怎麼可能不會認識新的女生，那些班上的同學難道沒有女生？沒有女老師？」

「喔，那種的當然不可避免，我以為妳是說聯誼什麼的。」

「是不是，你看，還有聯誼，大學生最喜歡聯誼夜唱還有去夜店，你會很快就忘記我！」我又哭得更兇，還順便出手揍了他幾下。

「妳去哪裡得知的大學資訊啊，我怎麼不知道大學這麼糜爛，不是要認真念書的地方嗎？」他笑著用拇指擦去我的眼淚。「不要哭啦，妳為什麼總是在我面前這麼愛哭？」

「都是你惹我的啊！都是你的錯！」我像個小孩子一樣不斷大哭。

忽然陶宥全就抱住我，如同我的想像一般，整個人很輕易就可以將我塞入他的懷中，完全剛剛好。

「幹什麼，我要告你性騷擾喔。」我悶著聲音，但明顯冷靜很多。

「妳告呀，我不相信妳捨得。」

陶宥全是這樣個性的人嗎？怎麼感覺有點S。

「我只問妳一件事情，最重要的一件事情。」陶宥全的手在我的頭頂上撫摸著，我彷彿可以感受到他講話的氣息。

「妳到底喜不喜歡我？」

是在逼我告白嗎？

我如果不喜歡你，我哭著來找你是神經病嗎？

哭著怕你認識其他女生是我瘋了嗎？問這種問題真是白痴死了！

所以我抬頭瞪他，順便捏了他的腰際一下，非常用力。

「哇，欸這不是感人時刻嗎？妳怎麼這樣啦？」他吃痛地笑著。

「是白痴時刻，是智障問題時刻！」我推他，要掙脫他的懷抱。

「我不會讓妳走的。」他緊緊抱住我，還真的是很用力那種。

「不是我要走，是你要走！」

「啊我就畢業了，當然要走啊，難道妳覺得我留級比較好？留級的男朋友，這樣好嗎？」

「誰說你是我男朋友，不要亂講！」因為掙脫不了，所以我只能選擇踩他的腳。

「妳怎麼這麼暴力啦，我不記得妳是這麼暴力的女生呀，一開始明明很可愛的。」

「你的意思是說，現在不可愛了嗎？」果然就是在嫌棄我了，很快到別的地方就會忘記我，我不要！

嗚嗚嗚。

所以我更用力地掙扎，如果會這麼痛苦，如果以後也會這麼痛苦，不如現在就停在這邊，就不會痛苦了。

「我一點都不喜歡你，所以放開我，你去你的大學結交新的女孩子，結交更適合你的女孩子！」

就像管皓威和方琦然一樣，彼此即使再喜歡，世界上也許真的也有適合與不適合的人，天差地遠地，如果延長痛苦，不如赫然停止，對彼此都好。

「可是我很喜歡妳耶。」忽然陶宥全雙手壓住我的臉頰兩邊。「我很喜歡妳，項微心。」

聽起來很浪漫，動作感覺也很浪漫。

但是天殺的身高差，讓我的脖子好像要被他往上拉斷一樣，我繼續掙扎不是因為害羞，而是痛苦，我脖子要斷了！

「等、等一下！」所以我全身扭動，但陶宥全完全沒注意到我的腳已經踮起來，繼續說他的告白。

「什麼叫做適合不適合，妳就是最適合我的女生啊，到底為什麼要一直把我推遠？我就已經要離開這邊了，妳還捨得把我推開？難道是我誤會了？妳一點也不喜歡我嗎？」

「好、好，我很喜歡你，先放開我！」我終於說出口，陶宥全微笑地鬆開了手。

我在一旁咳嗽，眼眶帶著淚水看他，那滿臉微笑的無害模樣。

等等，他剛剛是不是故意的？

他明明知道我脖子要斷掉，卻還是故意那樣，逼我說出喜歡他的話？

忽然他手張開，再次朝我走近，不要！好可怕！

我惹上一個抖S之人了！

「項微心，妳逃不掉的，從妳吃下我早餐的那瞬間開始，妳就已經逃不掉了。」

「什、什麼！你是蜘蛛嗎？幹麼！不要碰我！」我大叫喊著。

「不要再掙扎了，說說老實話吧，難道妳真的捨得推開我，要我去大學認識別的女生，和別的女生在一起？我無法想像有一天我牽起手的對象不是妳的情況，難道妳可以？」

我想像，在一個風光明媚的午後，穿著帥氣的陶宥全在公車站牌等待約會對象，而一個身材很好的漂亮女孩靠近他，他們牽起彼此的手，然後充滿愛意互相對視。

不要，我不要那個人不是我。

我也不要他喜歡上別人。

「不要，我不要！」我用力搖頭，緊緊抱著他。「不要離開我，不要離開這裡。」

「我不會離開妳，但不能不離開這裡。」他也緊緊抱著我。「我不會欺騙妳事實，事實就是我終究要到外地念大學，可是，我只是先到那邊，等妳過來而已啊。」

我抬頭，錯愕看著他。「等我？」

「嗯，等妳。」

「等我一年？」

「嗯，等妳一年。」

「是一年呀，學長，一年這麼長的時間，你怎麼知道你不會變，你怎麼知道我不會變？」我哭著搖晃他。

「我不知道啊！」他笑著，然後捏著我的臉頰。「可是，我都可以送妳一年早餐了，我覺得再等妳一年對我來說也不是什麼難事吧。」

「可是我成績很差，我沒有辦法考上你的大學！」

「那有什麼難的，我會教妳啊，看是要我每個禮拜回來，或是視訊都可以，總是有辦法克服一切。」

我看著他，頓時不知道該說些什麼。

他這麼有自信的模樣，我還需要反駁他什麼嗎？

而且，真真切切的，我就是吃了他一年的早餐，他也假裝不知道了一年。也許一年不是我想像中的長，也許一年之中，我們變換萬千，可是彼此的感情依舊不會改變？

「我不知道，學長，我不知道該怎麼做。」

我的父母即便朝日相處，也能情感分離。

我們這麼年輕，又有什麼自信可以保證不會改變？

「那妳就相信當下想相信的就好了，相信當下想堅持的就好了。」他彎下腰，將臉靠近我。「相信我的感情就好了。」

我還是不知道該相信什麼，只是我選擇了閉上眼睛。

接受他的吻。

濕濕熱熱的，還有些鹹鹹的味道，因為我滿臉都是眼淚呀。

等我張開眼睛，覺得好像什麼都不再重要了。

他朝我伸出手，而我選擇牽上，也許很久很久以後，我會後悔現在的選擇，會嘲笑現在的天真。

可是也或許，明年的這時候，我會提著行李到那裡去找他。而在很久很久以後，我會感謝此刻的勇敢，慶幸此時有選擇在一起。

未來，有誰會知道。

當下是真心、是認真，不就夠了。

所有的轉變，都是生活歷經的必然，沒有好壞，只是走到那步。

「學長，對不起，我吃了你一年早餐。」

他聽了大笑起來。「還在說這件事情呀。」

「沒想到吃早餐也可以吃到一個男朋友。」我捏緊他的手，紅著臉抬頭看他。

而他衝著我笑，很溫暖很溫暖那種，世界彷彿只要有他的笑容就足夠支撐一切一般。

「不只一年，妳可以吃我一輩子的早餐。」

他說。

有什麼話，比一輩子不會肚子餓還要浪漫。

我破涕微笑，與他牽著手，走在這片夕陽之中。

喔，聽到我們在一起的消息，方琦然表示：「憑什麼吃東西也可以交到男友，馬的。」

對，她第一次說髒話。

可能是本小姐有福氣吧。

哈！

小說後記——為什麼吃東西也可以吃到一個男友

首先我要先承認，這本書裡大大大大的稱讚了金牛座，除了真人矮子女主角是金牛座的以外，就是，我本人也是金牛座，所以順理成章、合情合理，就一直在講述金牛座多優質了（笑）。

想必大家對於這個故事都不陌生，在網路上曾經紅極一時的『我吃了那男孩一整年的早餐』，故事中輕快地講述了與男友如何交往的契機，簡單活潑又生動，真是讓人好嫉妒，為什麼我也很愛吃，卻沒有人送早餐，也沒有因此交到一個男友呢？老天爺，平平是金牛座，這樣是不是不太公平（抬頭望天）。

我很仔細地看過了早餐情侶檔的所有故事，但也做了相當大的改編，不過主軸還是走在原本的架構之上，希望大家都會喜歡這個故事。

在撰寫早餐的時候，我還特別去看了一下各家早餐店的菜單，夜深人靜的夜晚這真是一個痛苦，看得我都好想吃呢。

對於學長能送一整年早餐這一點除了讚嘆他的耐心以外，就是讚嘆他的財力了（誤）。

在故事中的學長——陶宥全——似乎有點抖S傾向，在故事的尾端才顯現出來，而我們的矮子——項微心，因為父母的關係所以對愛情一直有種既期待又怕受傷害的矛盾感。

在最後即將要和陶宥全分隔兩地的時候，項微心下意識地就要放棄這段感情，多虧了好友方琦然的話，還有陶宥全那股堅定。

「都能送妳一年早餐了，等妳一年還有什麼難的？」

當然也很重要的是「妳可以吃我一輩子的早餐」。

我想大家都很難理解「吃」對金牛座來說是一件多重要的事吧（眾多金牛座表示：不要把我們混為一談）。

最後很開心有機會能夠改編這個輕快又開心的故事，項微心的很多小可愛行為，總是可以讓我會心一笑，有像她這樣樂觀又無心機的朋友，還真是一件令人高興的事情，這也是方琦然雖然個性乖張，卻還是很愛項微心的原因吧！

謝謝拿著這本書的你們、謝謝早餐情侶檔，祝福你們永遠幸福快樂。

也謝謝尖端小編，在此感謝所有人！

原作的話

嗨！我是矮子，沒想到能用這樣的方式和大家見面，一切彷彿是在做夢，對我來說當初寫下了「我吃了那男孩一整年的早餐」，只是純粹想分享我們認識的過程，沒想到卻意外的受到了大家的歡迎。

我們其實只是一對平凡的白爛情侶，偶像劇般的相遇是我這輩子遇過最奇妙的事，不過能愛上學長，才是老天爺送給我最棒的禮物，因為巧合因為緣分，我才能成為他身邊的那個幸運兒。

在愛情路上，我們都一樣，跌跌撞撞，但是愛的本質是對的，錯的是我們還沒遇到對的那個人，我也曾在失戀的深淵裡無法自拔，所以我希望可以帶給你們滿滿的正能量，相信愛情，相信自己的選擇

很高興因為有你們的喜歡，讓我們的故事有機會用這樣的方式呈現在你們面前，因為你們的支持讓我的小小世界有了那麼絢爛的煙火。

愛情是美好的，是為了要讓我們成為更好的人

如果看完這本書你也有這樣的感覺，那我會很非常的開心，再次感謝你們喜歡我們的故事，真的，謝謝你們。

愛小說

我吃了那男孩一整年的早餐

作者／尾巴
執行長／陳君平
協理／洪琇菁
執行編輯／呂尚燁
企劃宣傳／楊玉如、洪國瑋、施語宸
故事原案／早餐情侶檔
榮譽發行人／黃鎮隆
國際版權／黃令歡、梁名儀
美術編輯／李政儀
出版／城邦文化事業股份有限公司　尖端出版
台北市中山區民生東路二段一四一號十樓
電話：（〇二）二五〇〇七六〇〇　傳真：（〇二）二五〇〇二六八三
E-mail：7novels@mail2.spp.com.tw
發行／英屬蓋曼群島商家庭傳媒股份有限公司城邦分公司　尖端出版
台北市中山區民生東路二段一四一號十樓
電話：（〇二）二五〇〇—七六〇〇（代表號）
傳真：（〇二）二五〇〇—一九七九
中彰投以北經銷（含宜花東）／楨彥有限公司
電話：（〇二）八九一九—三三六九
傳真：（〇二）八九一四—五五二四
雲嘉經銷／威信圖書有限公司　嘉義公司
電話：（〇五）二三三—三八五二
傳真：（〇五）二三三—三八六三
南部經銷／威信圖書有限公司　高雄公司
電話：（〇七）三七三—〇〇七九
傳真：（〇七）三七三—〇〇八七
香港總經銷／城邦（香港）出版集團有限公司
香港灣仔駱克道193號東超商業中心1樓
電話：（八五二）二五〇八—六二三一
傳真：（八五二）二五七八—九三三七
馬新經銷／城邦（馬新）出版集團Cite (M) Sdn. Bhd.
E-mail：cite@cite.com.my
法律顧問／王子文律師　元禾法律事務所
台北市羅斯福路三段三十七號十五樓
二〇一六年七月一版一刷
二〇二二年五月一版十三刷

■中文版■

郵購注意事項：
1. 填妥劃撥單資料：帳號：50003021戶名：英屬蓋曼群島商家庭傳媒(股)公司城邦分公司。2. 通信欄內註明訂購書名與冊數。3. 劃撥金額低於500元，請加附掛號郵資50元。如劃撥日起 10～14日，仍未收到書時，請洽劃撥組。劃撥專線TEL：(03) 312-4212 ・ FAX：(03) 322-4621。E-mail：marketing@spp.com.tw

國家圖書館出版品預行編目資料

我吃了那男孩一整年的早餐 / 尾巴 著 ; .
--1版.--臺北市：尖端出版, 2016.07 面 ; 公分.--
譯自:
ISBN 978-957-10-6578-6(平裝)

857.7 105004189